朱嘉雯 主編

跨領域
國際新視野

2021東華大學華語文教學國際學術研討會論文集

推薦序

信世昌

（國立清華大學教授）

　　國立東華大學於2021年12月以「跨領域國際新視野」為主題舉辦華語文教學國際學術研討會，並於會後編輯此專書出版，敝人受華語教學國際博士班朱主任之託為此書寫序，至感榮幸。

　　華語教學本身是對外交流型的國際化的領域，雖然當前國內已有約六十所大學設有華語中心，亦有二十餘所大學設立了華語教學相關的系所，但許多行外人士甚至本領域師生仍對華語教學領域的分際頗感模糊。由於「華語教學」（以中文做為第二語言）是指針對以中文為第二語言者（中文非其母語者）並以人際溝通為核心之聽說讀寫教學，教學對象是針對母語不是華語的外國人士，因此它不是中文母語教學而是屬於第二語言教學的領域，也與東南亞華僑之接近中文母語式的華文教育不能混為一談。而在文化處理方面，它不是一種對外國人士的華人文化的單向灌輸，而是注重中外之間的雙向跨文化溝通理解，因此真正的華語教學領域與鄰近學門的劃分應包括下列的「六不準則」：

　　1. 不包括中文母語地區之對內中文母語教學（第一語言教

學）；

2. 不包括針對海外華僑華人之近似第一語言之華文教育；

3. 不包括廣泛的中華文化而未涉及語言溝通的文化；

4. 不包括純粹的漢學研究而未涉及華語為第二語言之研究；

5. 不包括純中國文學（華文文學）而未涉及二語溝通者；

6. 不包括純漢語語言學之本體研究而未顧及華語教學之需求者。

　　唯有釐清與鄰近學科的混淆地帶，才能真正發展出符合外國人士需求的教學方法及內容。此專書所收錄的論文大致皆能基於二語教學及跨文化的原則，當對於華語教學的研究累積頗有價值。

　　此外，以往華語教學的學術活動多在臺灣西部各大學頻繁舉行，欣見此次東華大學積極整合東部的資源，不僅在校內擴大華語中心的規模並設立了華語教學的國際生博士學程，也促成同在東部的臺東大學及慈濟大學互相支持，相信以東部豐富的人文風貌及山海景觀，將能吸引更多外籍學生前來就讀，並為臺灣的華語教學展開更多樣性的面貌。

謹序

目次

華語中表示過去意義的「過，了」與越南語及英語中的類似模式研究

范友院、朱嘉雯

東華大學華語文教學國際博士生、東華大學華語文中心主任

philipepham@gmail.com、cj301828@gmail.com

摘要

眾所皆知，人類思維有其一定的類似性，並且每個國家均具有自己語言工具來表達老百姓的思維。為了表示在過去中發生的行動意義，華語用「過、了、⋯」副詞；越南語用「đã, rồi, ⋯」助詞；英語則透過曲折語素「動詞＋ed, ⋯」直接表達出來。

本研究通過在華語、越南語及英語等三種語言裡的過去式表示結構的統計，進而進行分析與對比，以提出它們之間的異同。初步實際研究的結果，已有以下的發現：

英語中的過去式分類法是十分明確的，在華語與越南語中，則顯得稍微模糊。英語過去式被精細分成：過去簡單式（did something），過去進行式（was doing something），過去完成式（had done something）及過去完成進行式（had been doing something）；而華語與越南語中，過去式意義如何辨認則主要由

時間副詞或上下文來決定，例如：我昨天喝了十瓶啤酒（Hôm qua, tôi đã uống 10 chai bia）；我很喜歡陳作家寫的小說（Tôi rất thích tiểu thuyết tác giả Trần viết）。

　　華語及越南語通常均採用語序語法方式來表達過去行動意義：華語用「過，了」放在動詞後面，越南語則用「đã」放在動詞前面或用「rồi」放在動詞後面來表達出來或強調過去行動意義。不同的是，英語選取語素來創造過去式，包括後綴或根源語素被改變成其他的或在動詞前面加上幾個語素。

　　從理論語言學角度而言，因為華語與越南語均用語序語法方式來表達過去行動意義，所以越南籍生的學習華語過去式比說英語外籍生的學習華語過去式更容易。期望本研究結果能擴充現有的比較語言學理論，再聚焦到對於華語文學習及教學有所助益。

關鍵詞：過去、完成、華語、越南語、英語

一、前言

1.1 研究的背景、對象

　　關於表示過去、完成意義在話語中的「過，了」研究從之前到現在已收到許多語言學者、漢語語法家的關心。我們可以列出一系列典型的學者如：王力（1947）、趙元任（1968）、呂叔湘（1982）、Charles A. Li & S. A. Thompson（1981）、張濟卿（1998）、莊舒文（2002）、藏國玫（2011）……等。但從不同的研究角度與目的審視，上述學者各自提出來於漢語句子中「過，了」的功能。大多數學者的相同看法是：「過」被認為於

華語中的動作已經完成的表示意義工具，「了」則是於華語中的動作已經發生的表示意義標誌。

作為一個語言學研究者，有多年經驗教授中國大陸學生越南語，並且有一定的英語和華語語法知識，筆者發現在華語及越南語與英語中的表示過去、完成意義模式存在許多的異同。但據我所知，目前為止，關於此問題的研究並沒有具體的結論。所以筆者以華語中表示過去意義的「過，了」與越南語及英語中的類似模式作為本研究的對象。

1.2 研究對象

本研究對象是華語中表示過去、完成意義的「過，了」副詞及英語、越南語中類似模式。「類似模式」在這裡意指英語、越南語中表示過去、完成意義的相似方式，譬如：越南語中是兩個副詞「đã, rồi」，英語中是卻選取語素來創造過去式的，包括：後綴或根源語素被改變成其他的或在動詞前面加上幾個語素。

1.3 研究目的

本研究的目的是回答以下兩個問題：

一、在華語中的「過，了」如何表示過去意義？並越南語及英文中的類似模式有什麼異同？

二、對越南籍生的學習華語過去式與說英語外籍生的學習華語過去式有什麼不同的幫助？

1.4 研究方法

為了達到上兩個目的，本研究主要採用以下的幾個研究方

法：語言學分析，描述法與語言學對照法。具體方法包括：結構分析法，此方法被進行在句子分析基礎上，將三個結構學、意義學及語用學的方面混合起來；語境分析法：分析句子被使用在某個情況。以忠實及明確地分析在華語中表示過去、完成意義的「過，了」虛詞與在越南語、英語中的類似模式，於不少的景況，我們得按照它們出現的語境或基於造成溝通因素的關係如：說話者、聽話者、交際目的、意圖……等。

二、文獻探討

2.1 語言中表示時間的模式

在客觀現實上，一切物質的運動皆發生在空間及時間軸，並人類用自己的語言來描述它們。作為一種溝通及思考的工具，語言當然受到一般時間規律的影響，並且也以自己的方式來表達時間特徵。語言時間是由語言創造出來的，而且只在語言中存在。

根據J.Lyons（1968），客觀時間是超語言的時間（metalinguistics tense），與語法化時間才是語言時間（language's tense）。首先，影響到語言的時間也許表現於語言的程序性。F. de. Saussure（1911）已經指出：語言要素不能同時出現，而得隨著先後的原則造成個串子、沿著時間軸。程序性支配許多語言運行的規則，尤其是於佈置詞彙及句子的次序。譬如：在「我很喜歡運動」的話語中，「我」主語先出現，然後到「很」副詞，「動」音節最後才出現（我→很→喜歡→運→動）。

其次，影響到語言的時間呈現於每個詞彙倉庫的語言中。與自己的獨特原則，於每個語言中均存在一個指時間的詞彙系統。

例如，華語文有：秒、分鐘、小時，日、月、年，過去、現在、將來……等，越南語有：giây、phút、giờ、ngày、tháng、năm、quá khứ、hiện tại、tương lai……等，英語有：second、minute、hour、date、month、year、past、present、future……等。用詞彙工具來表達時間意義的方法是一個很豐富及具體的方法。若語法中的時態範疇只說明動作發生在過去、現在或將來，詞彙工具則告訴我們動作發生於一個正確的時點。我們可以看這些句子：

（1）David went to Taipei *this morning*（今天早上大衛去了臺北）
（2）David went to Taipei *yesterday*（昨天大衛去了臺北）
（3）David went to Taipei *last month*（上個月大衛去了臺北）

在三個句子中的過去式指出「David went to Taipei」的行動已經發生及結束於說話時點之前，並（*this morning, yesterday, last month*）的詞彙工具卻說明「David went to Taipei」的行動發生於過去中的細節時間標誌。除了詞彙工具之外，語境與邏輯推論亦告訴我們時間意義。如果一個故事由他人講回來，就是故事中的事件當然已經發生及終止了。或者是一個問句如：你回來幹嘛？也許有兩個可能：聽話者已經回來了（如果兩個人面對面地對話）或也許聽話者還沒回來（如果聽話人打電話來告訴說話人他會回來的）。

　　總而言之，時間影響到許多語言方面，譬如：短語、句子意義、時態範疇、時制範疇……，鑑於語法學及語言學類型學，時間意義被表示通過時態及時制範疇是很難辨認的。

2.2 時態範疇

　　如上所述，客觀世界的時間不僅被反映依靠每個語言的詞彙倉庫，而且它被編碼進入語言透過「時態範疇」。對於時態範疇（tense），有許多不同的概念。一般來說，前語言學者都認同：時態是發生事件時間及標記時間的對照結果。標記時間可以是說話時刻或是在句子中被提出來的另一個時間。

　　據B.Comrie（1978）「時態表示事情發生時間與其他時點的對比，一般是發言時刻」。例如：He went to library yesterday（yesterday（昨天）：標記時間，說話時刻：現在，went to library（去圖書館）行動於昨天已經發生了）

　　按照事件發生時刻及參考時點的關係，B. Comrie（1978）已將時態分成兩種：絕對時態（absolute tense）及相當時態（relative tense）。絕對時態說明動作發生時間及發言時刻的關係，與相當時態表示動作發生時間及某一個時刻被選擇當成為標記。

　　W. Frawley（1992）卻將上兩個時態循序看做主觀時間與客觀時間。其中，絕對時態是主觀時間（以說話時刻作為參考時點），相當時態是客觀時間（以某一個時點並不是說話時刻當成參考標記）。我們來詳細地看以下兩個句子：

（4）I watched a fooball match last night （昨天晚上我看了一場足球比賽）

（5）When I came home, my parents were watching TV （我回家時我父母正在看電視）

在（4）的句子中，「watch」動詞的時態是絕對時態的，因為參考時間是說話時刻及「watch」的行動已經在「last night」發生了；並在（5）的句子中參考時間不是說話時刻，而是「when I came home」、在過去中的某一個時點，所以在此句子中「watch」動詞的時態是相當時態的。

Nguyen Minh Thuyet（1998）認為「時態是動詞的一個語法範疇，表示行動與發言時刻或與話語裡提出來某一個時間的關係」

在西方語言中，英語是一個很典型的示例，謂語由動詞承擔。動詞是表現運動的東西，而每個運動皆在時間中發生的。所以，時態及動詞的關係是緊密結合的，換句話來講時態屬於動詞。然而，在華語及越南語中，謂語則不只是由動詞來承擔，而謂語也許是形容詞或名詞的（例如：她很漂亮（Cô ấy rất đẹp），銅是金屬（Đồng là kim loại）），但動詞仍占大多數的。因此，若於華語及越南語中存在「時態範疇」，它亦屬於形容詞與名詞方面。

總之，時態範疇屬於語法學方面，不論在句子中現有表示時間意義的工具，它務必被表達。時間意義幾乎在每個語言中存在的，並時態範疇只現有在一些語言中。於有時態範疇語言之中，有的語言有一個、兩個或三個時態（過去，現在及將來）。筆者認為於華語中也許沒有「時態範疇」，但具有表達過去意義，那就是「了」這個工具詞。

2.3 時制範疇

時制（aspect）範疇研究出發從動詞之間對比的來源，譬如我們拿「die」及「sleep」此兩個動詞來進行比較。「die」動

詞，不管在何時（過去、現在或將來）勻表示「die」事情發生於某一個時點，「sleep」則表示「sleep」動作的繼續狀況。如此，在此兩個動詞之間明明地涉及時間意義的差異。此差異位於深層結構，所動詞表示在事件內在的時間結構；那就是有關時制意義的差異。

據B. Comrice（1978）時制是「觀察情狀內部時間構成的不同方式」按照大多數語言學者的認同，既時態又時制勻涉及時間，但它們用各種各樣的方法來表達自己的功能。Guillaume（1992）認為「時制其實是內在時態，時制是動詞的隱含時態」，J. Lyons（1968）的觀念：時制牽涉到一個行動的分佈或時間範圍。

時態及時制之間不同的是：時態透過它與講話時刻或及另一個情況的對比來定位情事，時制則注意到內部情況的構成。時態範疇的時間是情況外部的時間（situation-external time），時制範疇的時間卻是情況內部的時間（situation - internal time）。B. Comrie（1978）的完成時制分析是對於以上關係的一個代表印證：「完成是現在加上過去」（perfect as present plus past）；例如在「I have written this letter」句子中，「to have」動詞被變位於現在式、並 [to write] 動詞被使用於過去分詞。

依據B. Comrice（1978）的觀念；Charles A. Li & S. A. Thompson（1981）認為漢語分為幾種時制：完成貌（perfective）：「了」跟「完成化詞語」，未完成（持續）貌（imperfective (durative)）：[在]跟「著」，經驗貌（experiential）：「過」，暫時貌（delimitative）：動作的重複。

趙元任（1968）當探討漢語動詞詞尾時；認為漢語中的時制是以動詞詞尾來表現；並據趙先生漢語中有七種表現時制意義的

動詞詞尾：「了」：指動作完成，「著」：指動作進行、形容詞亦可以用進行式的詞尾，「起來」：原本是複合方向性的補語、也可以扮演成一個時制詞尾、表示起始，「過」：念輕聲時是一個純粹的詞尾、表示之前至少有過一次，「動詞重疊」：若重疊是一種附加詞、動詞的重疊表示嘗試的意思、就可以視為一種體貌附加詞，「下去」：本來是做為一個方向性的補語、並可以表示繼續之意，「法（子）」：看似名詞，但如果加在動詞後面，就可以用副詞「這麼，那麼，怎麼」來修飾、如：「這話不知道該怎麼問她法子」出現在動詞後頭、有無限制的常用性。總之，按照趙先生，只要是動詞之後的詞尾都是時制標誌。

歸根結底，華語中的所謂「時制範疇」仍是一個爭議的問題；反而，英語中的時制通常被明確地分成各對對立面，（含）進行／非進行，完成／非完成。例如：I had had lunch（過去完成式），I was reading books（過去進行式）。本研究無深談在華語中是否存在時制範疇？且華語有多少時制標誌？但筆者認為華語具有表示完成體的模式，那就是「過，了」這兩個動詞詞尾。在以下的項目，筆者會將「過，了」進行深談。

三、研究結果

3.1 華語中表示過去，完成意義的「過、了」

上面所述，華語中是否存在所謂「時態，時制」仍是一個有爭議的問題，並大部分語言學者、漢語語法家認同華語中具有表示「時態，時制」意義的語言工具。那就是「過、了」這兩個表示時態—時制意義的標誌。

3.1.1 時態—時制動詞「了」

　　「了」扮演成為一個完成體時制的標誌。它的主要語義特徵是動態性，有界性，強調的是事件整體，包含開始、繼續及結束，相反的是非完成體，其位置是緊接在動詞後面，表示動作已經完成，譬如：

　　（6）他已經來了。
　　（7）那根香蕉我早上吃了。

以上兩個句子中，皆表示「來」及「吃」動作行為已經完成。可是所謂時制是從事件內部或外部觀看，因而並不限制於過去，而「了」可以出現在現在與未來，譬如：

　　（8）他每天吃了早飯，就到公司來。
　　（9）他昨天吃了早飯，就到公司來了。
　　（10）他明天吃了早飯，就要到公司來。

以上三個句子中，我們可以按照時間順序原則來做說明：「到公司」的這個動作行為是出現於「吃早飯」之後，是在「他」完成「吃早飯」這個動作行為，才進行「到公司」這個繼續的動作行為。只不過就是人類認知，「完成」平常跟「過去」彼此連結，將「了」視為過去時態標誌，其實這是兩個不同的角度，一個是描述件內在結構，一個是從時間觀點切入。
　　在（9）的前半句中，雖然保留指時間詞「昨天」，並「他

昨天吃了早飯」仍不能變成一個完整的句子，因為它的語義還沒完備，因為「吃」的動詞後面帶了賓語。而一般認為當賓語若未數量化時，就不能獨立成句子，後面務必接另一份句子，譬如：

（11.1）＊我理了髮。
（11.2）我理了髮，就去散步。
（12.1）＊我喝了茶。
（12.2）我喝了茶，就走了。

上面的（11.1）、（12.1）句子，在動詞後出現賓語「髮，茶」，這時這些賓語需要數量化或是加上另一個句末「了」，到時候、我們會有完整意思的句子，譬如：

（13）我喝了一杯茶。
（14）我理了髮了。
（15）我買了一信輛車。
（16）這本小說我看了三天。

至於「了」在句末，現在仍有一些不同的看法，有的學者稱為語氣助詞、表示情況發生變化如劉月華（1996），有的學者則稱為一個表示出現新事態的標誌如Teng（1999），並Charles A. Li & S. A. Thompson（1981）卻認為一種與當前實況相關之事態。

Charles A. Li & S. A. Thompson（1981）認為若在「動詞＋了＋賓語」結構裡，只要出現時間詞就成立完整句子，譬如：「我早上理了髮」，但我們從意義角度來看這句子還沒完整、仍需要加

上句末「了」，到時候這句子才有語氣完結之意。

劉勛寧（1988）提出「動詞＋了₁＋數量／時量」表示完成，「動詞＋了₁＋數量／時量＋了₂」反之表示事情並未完成，譬如：

（17）這本書我看了₁三天。
（18）這本書我看了₁三天了₂。

據劉勛寧（1988），「了₁」表示動作實現的標誌，動詞加上「了」，在語法上成為實現體動詞，語義上獲得一種實有性質，也就是使之成為事實，譬如：

（19）這本書我看三天。
（20）這本書我看了三天。

上面的（19）句沒有時制，只是一種假定的時量；但在（20）句子裡出現時制標誌「了」，於是後面的時量是一種事實的量。

從上面所述，筆者認為不管是完成說還是指實現說，皆表示動作行為已經發生，而後面的數量／時量都是表示動作完成數量／時量或者實現後持續的一段時間、如例句（17），而「了₂」所代表的意義是到現在，出現在同一個句子裡就有「動作完成／實現到現在的量」的意涵，如例句（17）。

對於「主語＋動詞＋了₁＋賓語」的結構，若賓語未經修飾，包含數量、時量、限定等修飾，那麼這個句子就不能獨立成局，仍必須在後面加上另一分句子，Charles A. Li & S. A. Thompson（1981）指出：動詞時貌「了₁」表示完成，事件被視為事件的整

體或是全部，所以事件必受限制，限制的方法包括：因本身是受數量限定的事件、因本身是特定事件、因動詞本身語義而受限制及因本身是連續事件中的第一個事件。

　　在四類語境之間，活動類是沒有自然的時間終點的，動作開始以後，不論是在時間軸上哪一點中止，都被看成一個完整的活動。以「喝」為例，雖然「喝一口啤酒」及「喝一瓶啤酒」所需自然時間不同，但若非有賓語或是範圍，理論上可以無止無盡的「喝」，直到主語消失，只是在現實世界上不太可能，但是並無內建終點，語境時間終點必須靠外在手法，例如：

（21）他去年學法語。
（22）張老師在美國教漢語。
（23）他學了兩年的法語。

在例句（21）出現時間標誌，雖然「學法語」可能短連一天，也可以長到一年，換句話說這個活動「學習」發生在去年的任何一天，或是一整年，動作都存在。例句（22）則靠限定地點來限制時間，聽話者得知「教漢語」發生在「張老師在美國」那段時間。若句子中未出現表明時間，聽話的人不能清楚知道到底事情何時開初、何時終止，或者這樣的句子表示慣常動作行為，但一般而言、慣常動作行為還是會加上對照句子來表現自己的意涵，譬如：

（24）我喝茶，不喝咖啡。
（25）梁教練在花蓮教桌球，不教籃球。

（26）臺灣人愛打排球，越南人愛踢足球。

可是完結類卻不同，本身內建時間終點語義特殊，譬如：

（27）我學會華語了。
（28）他走到公園了。

以上兩個句子縱然沒有表明時間標誌，但聽話的人自然了解動作已完成的意義，因為謂詞「學」與「走」本身已包含目標，也就有了時間終點，於「學會」之前動作未到達目標，自然未完成。此外，當動詞後面加上了數量詞，意味有了目標，成了完結類，譬如：

（29）他吃了五根香蕉。
（30）我買了一件衣服。

因之當「動詞＋了＋數量」就成了有目標的完結類，而非活動類。從此我們與鄧守信（1985）認同這話語「我昨天畫了一張畫，可是還沒畫完」是不能成句的。

總而言之，華語中的「了」是一個表示動作行為完成的標誌，所以不少漢語語法家視為一種時制動詞。辨認時制意義在華語中是一個不簡單的事情。在大部分西方語言裡，時制只跟動詞有關，華語中的所謂「時制」則與動詞、賓語及時空範圍都有關係。因此，研究「了」亦離不開其語境。

3.1.2 時制動作「過」

幾乎語言學者，漢語語法家都認為「過」是華語中的一種經驗體（完成時制）的標誌。當其出現在動詞／形容詞後面，表示動作曾經發生、或存在某一種狀態在某過去中的一個時點，並因為業已結束了，所以既動作又狀態不存在。據戴耀晶（1997）的看法；「過」為經歷性，是最重要的語義特徵，指的是相對於參考時間之前發生、與參考時間已無關。譬如：

（31）他們來過我家。
（32）那個足球員曾經有名過。

以上兩個例句均指的是動作／狀態已經歷過的變化，並且現在不存在了，具體的是在例句（31）裡、動作行動「來」業已在過去中發生並現在沒有了，例句（32）則告知聽話的人「那個足球員」的「有名」狀態在過去中的某一階段時間已經存在並現在他沒有以前那麼有名了。

與「了」在「動詞＋了＋賓語」結構中對比起來；它們之間差異的是：「了」表示是動作行為業已發生／完成、參照時間仍存在動作行為發生之後的狀態，「過」則表達的是經歷過而已、跟參照時間並沒有什麼關係了。譬如以下兩個例句：

（33）我吃了那家飯店的菜。
（34）我吃過哪家飯店的菜。

例句（33）表達的是動作行為「吃」在過去中業已發生，後來怎麼樣，與「那家飯店的菜」有什麼關係；但例句（34）只單純告訴我們「我吃」的經驗，即動作行為「吃」之前發生及已經終了。我們可以舉另一個例子：

（35）年輕的時候，我在這個鄉村待了兩年。
（36）年輕的時候，我在這個鄉村待過兩年。

筆者認為上述兩個例句之間還有些微區別；例句（35）有一種動態持續性，表現「從什麼時候到什麼時候」的連續面；但例句（36）卻沒有這種動態連續面。因此，當動作語意沒有持續性的時候，不能使用「過」。那也解釋為什麼我們可以說「他們去了三年」，而不能說「他們去過三年」。

「過」亦不能被使用在不能重複的動詞後面，譬如：不能說「死過」或是「老過」，但也許在一些文學作品裡，我們偶爾見到「年輕過」或是稀罕遇到「死過」這些詞組。不能說「死過」之所以，是因為從語義及客觀實際兩個方面來看：「過」不能接在變化動詞後面，因變化動作後是瞬間進入另外一個狀態；並「死過」出現在文學作品應該只算是一種誇張比喻的說法，非存在客觀世界。對於「老過」此詞組，我們不能那麼說是因為：每個皆人從「年輕」往「老」的方向單向發展，到了「老」時就不能再回頭，所以找不到參照時點。而我們可以說「年輕過」的理由是：每個人都經歷過「年輕」的階段，後來才逐漸變成「老」，可以回顧過往，找得到時間參照點，所以說「年輕過」也適合客觀實際。

3.2 越南語中表示過去──完成意義

與華語文相同,越南語中的所謂「時態,時制」問題亦造成許多爭議,並大多數越南語言學者皆認為「đã」與「rồi」是越南語中的標明「時態,時制」意義的標記。「đã」只能出現在動詞前面,「rồi」則出現在動詞之後或是句末。以下我們將「đã」與「rồi」進行深談。

3.2.1 時態──時制副詞「đã」

3.2.1.1 時態副詞「đã」

據Nguyễn Minh Thuyết(1997), Cao Xuân Hạo(1998), Trân Kim Phượng(2005),如果將過去的意義理解成為定位某一件事情在參照時間之前的意義,「đã」總是帶著過去的意義、無論其接著什麼謂詞或者是出現在什麼時間框架,譬如:

a.與現在時間框架

(37)Cô ấy *đã* đứng bên cửa sổ ngắm cảnh đẹp bên ngoài.
(她站在窗戶旁邊望外面的美麗景色。)

b.於過去時間框架

(38)Mười năm trước, tôi *đã* đến nước Mỹ.
(十年前我去過美國。)

c. 與將來時間框架

(39)Ngày mai khi anh đến thì tôi *đã* đi rồi.

（明天你來的時候，我就走了。）

在上述三個例句之間；例句（37）的參照時間點是「現在」，說話者陳述動作行為「đứng bên cửa sổ」（站在窗戶旁邊）已經發生在說話時點之前，例句（38）參照時間是「Mười năm trước」（十年前）於動作「đến」（去）業已發生在「Mười năm trước」，例句（39）參照時間是「Ngày mai khi anh đến」（明天你來的時候）及動作「đi」已經發生在「Ngày mai khi anh đến」之前。所以可以說在上面的語境中，「đã」站在動詞前面勻表現過去的意涵.

此外，若我們較詳細分析，「đã」在越南語中也是表示絕對過去與相對過去的意義標誌。當表示一件事情發生在說話時刻之前或者是在過去中某一個參照時點之前，副詞「đã」意味著絕對過去，譬如：

（40）Hôm qua, tôi đã uống mười chai bia.
（昨天我喝了十瓶啤酒。）

反而，當表示一件事情發生在將來中某一個參照時間點之前，「đã」則表示相對過去意義，如上面的例句（39）事件「tôi đi」（我走）雖然現在還沒發生，但與參照時間點「Ngày mai khi anh đến」（明天你來的時候）比起來、事件「tôi đi」已經發生了，即此事發生在參照時間點之前。參照時間點屬於將來時間框架，因此，動作行為「đi」（走）的過去意義為將來的過去。

3.2.1.2 時制副詞「đã」

根據Trần Kim Phượng（2005）越南語中的「đã」除了表示時

態意義之外，仍有表示時制意義的功能。首先，最輕易認知的是完成體的意義，譬如：

（41）Tôi đã ăn cơm rồi.
（我已經吃過飯了。）

在例句（41）裡，動作行為「ăn」在說話時點之前業已發生及終止了。

此外，據一些越南語語言學者，「đã」還可以表示結束／非結束的意義。然而，認識此意義得從暑期周圍的語境，如：謂詞，主體，補語，狀語及語境。

一於謂詞因素的影響下：

a. 當「đã」跟動態謂詞結合時，其表現動作行為已經發生及完全結束在參照時間點之前，如：David đã đánh bạn.（大衛已經打了他的朋友。）

b. 當「đã」跟靜態謂詞（指狀態或姿態）結合時，其表現動作行為已經發生在參照時間點之前、但於那時點還沒止，如：Cô ấy đã ngồi đây được nửa tiếng rồi.（她坐在這兒一半個小時了。）。這個句子裡的動作「ngồi」（坐）已經發生，但到說話時點坐的姿勢還存在。

c. 當「đã」跟狀態與狀態變化的謂詞結合時，其表現動作行為已經在過去中發生及終了，但到參照時間點結果仍留下去，如：Con trai tôi đã thi đỗ vào cấp ba.（我兒子考上了高

中了）。這個句子裡的動作「thi」（考試）已經發生及終止了，並到說話時點「con trai tôi」（我兒子）仍是一個高中學生。

d. 於主體因素的影響下：

在越南語句子中，單數或複數的主體名詞也會決定「đã」的時制意義，以下面兩個句子為例：

（42）Một quả bom đã nổ.
（一個炸彈已經爆炸了。）
（43）Bom đã nổ.
（炸彈爆炸了。）

上述（42）與（43）皆描述同一件事情「bom nổ」（炸彈爆炸），並它們之間的動詞「nổ」的（爆炸）時制意義不同的是：例句（42），狀態「nổ」很快發生及已經結束；但例句（43），狀態「nổ」亦發生及也許繼續到某一個時間點，因為（43）句的主體不是一個炸彈，這個炸彈爆炸及其它也許繼續爆炸。

—於補語及狀語因素的影響下：

（44）Đứa bé này đã ngủ say.
（這個小孩兒睡著了）
（45）Đứa bé này đã ngủ một giấc rồi.
（這個小孩兒已經睡了一覺）

上述（44）及（45）勻陳述一個小孩兒的睡覺狀態，但動詞「ngủ」（睡）之後用不同的補語「say」及「một giấc」致使「đã」時制意義變成差異。第一著，動作「ngủ」業已發生在過去中，與到說話時點、睡的狀態仍被延續；第二著，動作「ngủ」業已發生在過去中，並到說話時點、睡的狀態也許終止了。

（46）Khi tôi đến quán cà phê thì nhìn thấy anh ấy đã ngồi ở đó rồi.
（當我到咖啡廳時就看到他已經坐在那裡了。）
（47）Anh ấy đã ngồi ở quán cà phê này nhiều lần rồi.
（她坐在這家咖啡廳好多次了。）

在上述（46）及（47）句子裡，副詞「đã」勻被採用來修飾動詞「ngồi」，但動詞「ngồi」（坐）之後的不同狀語「ở đó」及「nhiều lần」致使「đã」時制意義完全不一樣。前者的意思是：動作「ngồi」業已發生在「Khi tôi đến quán cà phê」（當我到咖啡廳時）之前，並仍還沒結束；後者的意思則是：動作「ngồi」業已發生在過去中與在說話之前，亦終止了。

—於語境因素的影響下：

（48）Thầy Trần đã đi Việt Nam rồi.
（陳老師去越南了。）

如果上述例句（48）單獨存在，即不屬於一個具體的語境，

我們就不能確定事情「việc đi Việt Nam của thầy Trần」（陳老師的去越南事情）已經結束還是還沒呢。在句子（48）裡，「đã」的時制意義有兩個可能：

    a. 表示動作已經發生，並其結果與說話時點還有關，如果例句（48）是以下問號的回覆：「Thầy Trần hôm nay có ở trường không?」（陳老師今天在學校嗎？（陳老師不是聽話者）

    b. 表示動作已經發生與結束，如果例句（48）是以下問號的回覆：「Trong các thầy cô ở đây, có ai đã đi Việt Nam rồi?」（這裡的各位老師之中，有誰去過越南？）

3.2.2 時態—時制副詞 「rồi」

    按照NguyễnMinh Thuyết（1997）, Cao Xuân Hạo （1998），Trần Kim Phượng （2005），越南語中的「rồi」是一個有不同名稱及功能的詞彙，並本研究只集中到「rồi」所是一個時態—時制的標誌，許多越南語語言學家皆稱之為一個副詞。「rồi」可以出現在以下語境：

    —「謂詞+（補語）＋rồi」，譬如：（49）Tôi ăn (cơm) rồi.（我吃（飯）了）。這例句的「rồi」向中央謂詞直接修飾意義，其表示事情「ăn cơm」在說話時點之前已經發生及結束。

    —「謂詞+（補語$_1$）+補語$_2$＋rồi」，譬如：（50）Tôi đến (Trung Quốc) hai lần rồi（我去過中國兩次了）。這例句的「rồi」向靠近它前面的補語「hai lần」修飾意義；與句子（50）將事情「đến Trung Quốc」（去中國）放在時間的過程中，將注意力集中在行動過程的一個屬性上，在這兒的是定量屬性，即動作行為

「đến」已經積累、轉化定量屬性達到很多的層次「hai lần」（兩次）。

——「đã」與「rồi」可以同時出現在一個句子中；到時候「đã」還保持它的原始功能，表示動作業已發生及結束；並「rồi」則有變成一個語氣助詞的趨向；譬如：（51）：Chị ấy đã giành được giải nhất rồi.（她得了第一名了。）或（52）：Tôi đã học 10 môn học rồi（我修了十堂課了）

在一些具體的語境下，「đã」與「rồi」也許非必要出現，但動作已經發生或完成的意義還會被保留的，譬如：（53）：Hôm qua bạn (đã) đi đâu?/ Đi đá bóng（昨天你去哪？／踢足球）或（54）：Tôi rất thích sách của tác giả Trần (đã) viết（我很喜歡陳作家寫的書）。

3.3 英文中表示過去，完成意義

「時態，時制」都被語言學家認為是英文中的一個特殊語法。透過它們，表示過去、完成意義明確地呈現。根據George Yule（1998），Jacobs. R. A（1993），要在從句或句子中構造謂詞結構，我們總是需要一個基礎謂詞和一個基礎時態（現在或過去）。假設我們有一個現在和一個基本謂詞（to love）愛。我們可以創建（I love）單一謂詞結構。如果我們將（I love）從現在時變為過去（過去時），我們就有了（I loved）謂詞結構。可以肯定，時態（tense）和動詞（verb）這兩個元素是英語謂詞結構的兩個必備元素。

此外，我們可以添加其他可選元素來創建一個複雜的謂詞結構，例如，我們可以只添加時制的元素（完整或進行），如果

我們添加一個表達完成的元素，我們就有了一個（I have loved）結構。我們也可以選擇進行式，將不同形式的謂詞"be"與以（-ing）結尾的主要動詞結合起來，這樣我們就有I am loving或she is loving。我們可以在下表中可視化英語謂詞結構中的元素：

Tense	(Modal)	(Perfect)	(Progressive)	Verb
Past or Present	(will)	(Have+-EN)	(Be+-ING)	Verb

（Basic structure of English verb forms──引用George Yule（1998），55頁）

在上表中，括號中的元素是可選的，其餘元素是強制性的。同時，根據GeorgeYule的評論，上表中元素的位置是固定的。其中的每個元素都會影響其右側元素的形狀。因此，當然，時制將受時態支配。也就是說，是決定時制具體形態的因素。

例如，如果我們有結構：PRESENT TENSE, HAVE...+ -EN, cook，我們可以構造一個與She has cooked 等價的謂詞結構的句子，這個結構可以解釋如下：現在時PRESENT TENSE影響到HAVE元素造成為HAS。並且-EN元素對動詞cook 的影響導致動詞cooked的新形式。如果上面的結構稍微改成過去時，HAVE... + -EN，cook，我們就會得到She had cooked句子。

同樣，如果我們有一個元素PAST TENSE, BE...+ -ING, learn的結構，我們可以得到I was learning句子。同樣，如果我們從上表中選擇不同的元素，我們會得到不同形式的基礎謂詞。

再看上表，我們需要注意更重要的一點。那就是當兩種英語時制的形式組合在一起時，完成形式總是在進行形式之前。

根據上面所分析與討論，我們可以這樣結論：英語選取語素來創造過去時，包括：後綴或根源語素被改變成其他的或在動詞

前面加上幾個語素。英語過去時被精細分成：過去時，現在時及將來時，通常也有與表示動作進行或終止的進行式和完成式等體貌一起相連用的情況。具體如下：

a. 過去簡單式，譬如：（55）I went to Taipei yesterday（昨天我去了臺北）。事情「to go to Taipei」已經發生及結束於「yesterday」，參照時點是「yesterday」與說話時刻是現在。動詞變位「to go」是過去簡單時。

b. 過去進行式，譬如：（56）When I came to his house, he was reading books（我來了他家時他正在看書）。這句子描述在過去中某一個時刻「When I came to his house」，事情「to read books」正在發生或繼續。動詞「to read」的時態是過去時，並其時制是進行的。

c. 過去完成式，譬如：（57）：When I came to his house, he had gone out（我來了他家時他已經出去了）。這句子裡，事情「to go out」在過去中某一個時刻「When I came to his house」，事情「to go out」已經發生及完全終止。動詞「to go」的時態是過去時，並其時制是完成的。

d. 過去完成進行式，譬如：（58）When I got up yesterday morning, it had been raining（我昨天早上起床時已經下雨了）。這句子裡，事情「to rain」在過去中某一個時刻已經發生；並到「when I got up yesterday morning」的時候，動作／狀態「to rain」痕跡仍現有，即雨完全停了，但在地上還積了水。動詞「to rain」的時態是過去時，並且其時制是進行的。

e. 未來完成式，譬如：（59）I will have reached Taipei by this time tomorrow（明天的這個時候我就到臺北了）。這句子表示將來某一時「by this time tomorrow」，事情「to reach Taipei」已經發生及完成或已經對動作產生一定的影響。動詞「to reach」的時態是未來時，並其時制是完成的。

f. 未來完成進行式，譬如：（60）By the end of this year, I will have been learning here for 3 years（到了今年底我在這兒學習就滿三年了）。這句子描述事情「to learn here」到了將來某一時「By the end of this year」已經發生及繼續進行。動詞「to learn」的時態是未來時，並其時制是進行的。

　　總之，英語中表示過去、完成意義的模式，也被稱為「時態，時制」，是其特有的一種語法範疇。從動詞詞形上，有一定英語語法常理的人會認識其動詞屬於什麼時態或時制。

3.4 華語、越南語及英文中表示過去意義的異同

　　根據上面所分析與討論，現在筆者進行做比較及指出三種語言裡表示過去、完成意義的差異模式。

　　華語及越南語皆採用詞彙程序方法來表達過去、完成意義。具體的是：華語通常用「過」放在動詞之後表示事情已經發生及終止，用「了」放在動詞後面或在句末來表示事情已經開始，並且其也許結束或尚進行的；越南語就用「đã」放在動詞之前或者「rồi」放在句末表達類似的意義。比方說，為表示已經吃了一碗飯的事情，華語說：「吃了一碗飯」、「吃過一碗飯、「吃過一碗飯了，並且越南語也說：「đã ăn cơm」、「ăn cơm rồi、「đã ăn cơm rồi」；反之，英語裡則使用構詞型態的變化（動詞之後加上－ed或者用過去分詞）來表的過去、完成的意義，比方：為表示我跟朋友踢足球的事情已經在昨天發生了英語講：I played football with my friend yesterday（根源動詞play加上－ed之後成為played）。

華語及越南語之中的表示過去、完成意義都為句子裡的不同語言因素（如從屬子句、主要子句、主體、謂詞，賓語，上下文，語用）所支配；換句話說「過」、「了」不能隨便出現在各個動詞之後，與有的時候過去、完成的意義由那些語言因素決定，並越南語裡的此情況也一模一樣的。比方：在「我昨天去圖書館看了兩個小時的書」的連動句裡，華語通常不加上「了」在第一個動詞「去」之後，但越南語通常則加上「đã」在第一個動詞「Hôm qua tôi đã đi thư viện đọc sách 2 tiếng đồng hồ」；或者我們來看在華語及越南語裡這兩個同樣內容的句子：「我很喜歡陳作家寫的書」「Tôi rất thích sách tác giả Trần viết」都沒有表示過去的標誌，並華人及越南人均瞭解陳作寫書的事情已經在過去發生了。反而，英語中的表示過去、完成的意義幾乎不從屬於那些語言因素，一旦說話者要描述一件事情在過去中已經發生或完成，句子裡的動詞型態一定要變位。

總而言之，華語及越南語裡的表示過去、完成的意義為相對複雜及模糊。因此，為瞭解它們，我們不只按照句子表層結構（句子裡出現的詞彙）而得根據深層結構（語境或者是語用語言學的因素）。反之，我們很容易認識英語裡表示過去、完成的意義透過句子表層結構（句子裡的動詞詞形呈現）。

我們可以將華語、越南語及英文中表示過去意義的異同總結

成為如下表格：

標記 語言	用構詞形態變化來表示過去，完成意義	用語序語法方式來表示過去，完成意義	語境影響到表示過去，完成意義	語用要素影響到表示過去，完成意義	同樣的語言類型
華語	−	+	+	+	+
越南語	−	+	+	+	+
英語	+	−	−	−	−

四、結論

4.1 研究結論

　　本研究的重點是討論華語中表達過去，完成意義以及越南語和英語中類似模式。根據以往語言學家「過、了」相關的研究成果，以及越南語和英語中過去意義表達的有關研究結果，我們進行了做分析，對比與提出以下結論：

1. 英語中的過去式分類法是十分明確的，反而在華語及越南語中則顯得稍微模糊。
2. 華語及越南語通常均採用語序語法方式來表達過去行動意義。英語選取語素來創造過去式，包括：後綴或根源語素被改變成其他的或在動詞前面加上幾個語素。
3. 從理論語言學角度而言，因為華語及越南語均用語序語法方式來表達過去行動意義，所以越南籍生的學習華語過去式比說英語外籍生的學習華語過去式更容易。

4.2 研究限制與建議

　　研究華語中表示過去、完成意義的模式，換句話說研究華語中的「時態、時制」相關問題是相當困難的，並且還存在很多爭議。作為一個學習華語的越南人，將此問題研究較困難。本研究進行比較了三種語言的語法現象，因此筆者遇到不少困難，尤其是接近華語、英語材料。其次，從理論角度而言，本研究才只在前人理論研究成果的基礎上進行了分析及做對比。若有時間與人力條件，未來我們會針對英語國家學生及越南語學生專門學習華語進行做具體研究，或許研究結果會對華語教學實踐做出更多貢獻。

五、參考文獻

（一）中文部分

1. 王力（1947）。《中國現代語法》。香港：中華書局。
2. 呂叔湘（1982）。《中國文法要略》。臺北：文史哲出版社。
3. 張濟卿（1998）。《論現在漢語的時制與體結構（上，下）》。語文研究，3（68）、17-25，4（69）、18-26。
4. 莊舒文（2002）。〈時相與時態的搭配關係〉。（碩士論文），國立臺灣師範大學，臺北。
5. 趙元任（1968）。《漢語話的文法》。香港：中文大學出版社。
6. 劉明華、潘文娛、故韡（1996）。《實用現代漢語語法》。臺北：師大書苑。

7. 劉勛寧（1988）。〈漢語詞尾了的語法意義〉。《中國語文》，5（206），321-320

8. 鄧守信（1985）。〈漢語動詞的時間結構〉。《第一界國際漢語教學研討會論文選》，30-37。北京：北京語言學院。

9. 臧國玫（2010）。〈漢語時態動詞研究〉。（碩士論文），國立臺灣師範大學，臺北。

10. 戴耀晶（1997）。《現代漢語詩體系統研究》。中國：浙江出版社。

（二）越南語及英語部分

1. Nguyễn Tài Cẩn (1996). Ngữ pháp tiếng Việt (Tiếng - từ ghép - đoản ngữ). Nxb Đại học Quốc gia Hà Nội, Hà Nội.

2. Lê Đông (1991). Ngữ nghĩa-ngữ dụng của hư từ tiếng Việt: Ý nghĩa đánh giá của các hư từ. Ngôn ngữ (2), tr15-23.

3. Đinh Văn Đức (2001). Ngữ pháp tiếng Việt, từ loại. Nxb Đại học Quốc gia, Hà Nội.

4. Cao Xuân Hạo (1991). Tiếng Việt – Sơ thảo ngữ pháp chức năng Tập 1. Nxb KHXH, Tp Hồ Chí Minh.

5. Cao Xuân Hạo (1998). Về ý nghĩa thời và thể trong tiếng Việt. Ngôn ngữ (5), tr1-31.

6. Cao Xuân Hạo (2000). Ý nghĩa hoàn tất trong tiếng Việt. Ngôn ngữ (5) tr9-15.

7. Trần Kim Phượng (2005). Thời, thể và các phương tiện biểu hiện trong tiếng Việt. Luận án tiến sĩ ngữ văn. Đại học Quốc gia Hà Nội.

8. Nguyễn Minh Thuyết (1997). Các tiền phó từ thời - thể trong tiếng

Việt. Ngôn ngữ số 2/1985, trang 1-11.

9. Asher R.E. (1994). The encyclopedia of Language and Linguistics. Volum1. Pergamon press. Oxford. New York. Seoul. Tokyo.

10. Asher R.E. (1994). The encyclopedia of Language and Linguistics. Volum9. Pergamon press. Oxford. New York. Seoul. Tokyo.

11. Comrie B. (1978). Aspect. London, New York, Melbourne: Cambridge University Press.

12. Comrie B. (1985). Tense. Cambridge: Cambridge University Press.

13. Emeneau M.B. (1951). Studies in Vietnamese(annamese)grammar. Barkeley and Los Angeles.

14. F. de. Saussure (1911). Course in general linguistics. Columbia University Press, New York.

15. Frawley W. (1992). Linguistic Semantics. Hillsdale, New Jersey: Lawrence Erlbaum.

16. George Yule (1998). Explaining English Grammar. Oxford University Press.

17. Jacobs, R . A (1993). English syntax: A functional – typological introduction. John Banjamins Publishing house.

18. Trang Phan & Nigel Duffield (2018). To be tensed or not to be tensed?: The case of Vietnamese. Investigationes linguisticae Vol. XL, 2018, Adam Mikiewicz University, page 460-480, Poznan – Poland.

華語電影與跨文化教學：以臺緬導演趙德胤的《灼人祕密》為例

鄭曼君碩士生、簡瑛瑛教授

國立臺灣師範大學華語文教學系

yychien19@gmail.com

摘要

　　本文研究背景為近年社交媒體上廣泛流傳的主題標籤——#Me Too，在《紐約時報》等報導數十名女性受到電影製作人的性騷事件，好萊塢女性演員坦承有類似經歷，「如果所有被性騷擾或侵犯過的女性都能發一條『#Me Too』，那人們或許能認識到這個問題的重要性。」（2017），經由女演員米蘭諾公開傳播使人們意識到這些暗黑行為的普遍性，而在臺緬甸導演趙德胤的電影《灼人祕密》取材可說是呼應#Me Too運動，寓意揭發亞洲女性在影藝圈及職場工作的升遷血淚。

　　本文擬透過文本分析法及性別理論，首先對電影中的女性形象作探究，從權力、生產、情感及符號關係四個性別面向，探討女性性別規範及身分認知，在探究文本中女性角色的過程中，同時思考是否符合現代臺灣社會，並依照此研究結果進行華語文

教學的討論文本，接續進行影片內容的同志相關議題研究。最後
重點是跨文化教學，擬以電影《灼人祕密》為教學媒介，培養學
習者的跨文化認知，對比東西文化之異同。透過跨文化教學，不
僅使二語學習者對臺灣演藝界女性形象更了解，同時比較東西方
同性戀情的文化差異。擬設定教學對象為北美籍CEFR B2學生，
由於臺美皆為同性婚姻合法國家，因此帶入影片中之同性情誼議
題讓學生分組探討，教材內容包含臺灣職場情場上的性別文化特
色，透過相關議題之討論交流，不僅能達到學習華語文的成效，
同時使外籍學生對臺美的性別權力關係與女性角色面貌能更深入
了解。

　　本研究因時間侷限，做完文本深入解析後所擬定的教案尚未
實際運用在課堂上，若時間充裕能更進一步展現本教案的貢獻，
再者，本文所選電影為近年上映，先前聚焦本片的文獻並不多，
故在文本分析時較缺乏其他參考見解，期盼經由本文讓更多教師
學生看見這部深具教育意義的電影，並激發更多研究者共襄盛
舉，共同來探討本片的價值並加以應用。

關鍵字：華語電影、性別研究、女性角色、跨文化教學、《灼人
祕密》

*　鄭曼君，國立臺灣師範大學華語文教學系教授碩士生
　簡瑛瑛，國立臺灣師範大學華語文教學系教授（通訊作者）

一、研究背景與目的

　　《灼人祕密》為臺籍緬甸導演趙德胤執導的首部劇情長片，趙德胤為出生在緬甸的臺灣導演，於16歲時到臺灣求學，在臺科大得到碩士和學位學程，研究所畢業後即取得永久居留證，2011年，他放棄緬甸國籍，歸化成為中華民國國民。而《灼人祕密》於2019年上映，有別於趙導先前的《冰毒》、《歸來的人》等紀錄影片，聚焦於導演出生地緬甸，探討華人移民底層的困境及夢想。這次將場景切換至臺灣，榮獲金馬獎及西班牙影展評審團特別獎的本片，細膩刻畫臺灣女性在職場上的角色扮演及心理狀態，以融合驚悚懸疑的技巧，將女主角在幻想與現實中追求自我卻不斷迷失的陰暗面呈現出來，亦將現今社會職業婦女為獲得工作進階與名聲背後的黑暗面，忍辱吞聲及身心創傷完整披露於電影中。

　　回憶高中時期曾跟家人看趙德胤導演的作品「歸鄉三部曲」，記得當時大多將焦點放在緬甸籍人民出國追夢、底層人民如何販毒以換取生存的部分，觀後也嘗試討論若身分對調後我們會怎麼做？故將重點放在兩部電影的其中一位女性角色用著相同的名字，發現趙導不僅將緬甸移民境遇刻畫得栩栩如生，更是細膩的雕刻電影的女性，那種看似不起眼卻非常關鍵的角色。多年後在華教系簡老師的海外華語文化課程接觸到趙德胤導演電影，因此決定觀看趙導的新作《灼人祕密》，這部片子不同於以往是將重點放在女性身上，而且是臺灣女性，遂激起了研究本片的動機慾望。

《灼人祕密》由吳可熙首度編劇並擔任主角，與夏于喬、宋芸樺、施名帥主演，以好萊塢#me too事件為故事靈感，改編吳可熙的親身經歷，敘述一位女演員，在當上電影女主角夢想的路途上，遇到的辛酸血淚及性別不公。

吳可熙為臺灣籍女演員，曾在2014年以電影《冰毒》獲得加拿大電影電視節最佳女主角獎、2016年以《再見瓦城》入圍第53屆金馬獎最佳女主角獎，與趙德胤導演合作數次皆獲得有目共睹的好成績。出道初期親身經歷性別不平等待遇，她認為在東方舊有的性別刻板印象下，女性常擔任男性的附屬品，早期女性任勞任怨，現代女性甜美婉約，好似為了配的上身邊男性的需求。吳可熙早期在拍攝廣告的片場詢問導演接續的拍攝尺度為何，沒想到換來的卻是片場中男性的汙辱，導演臨時加戲，男主角用鈔票賞吳可熙耳光，這些畫面甚至沒有被剪輯至廣告畫面中，並要求吳可熙被「錢」賞耳光要表現出「開心」，此經歷造成吳可熙嚴重的心理創傷，直到寫下《灼人祕密》劇本，將自身曾受到的遭遇抒發至影片中，世界好似一直用男性的眼光出發，女性不但難以突破職場上的玻璃天花板現象，演藝事業的女性更是為了成名得將自己的心靈作為鎂光燈上的陪葬品。

二、文獻探討

《灼人祕密》2019年上映，至今短短不到三年間，故目前並無專門分析本電影女性角色的文獻，然而，探討女性形象或女性議題的文獻相對之下較為豐富，例如張小虹2006《後現代／女人：權力、慾望與性別表演》、張志樺2021〈時尚的祕密：日治

時期臺灣藝旦與女給的情慾消費〉《性別島讀：臺灣性別文學的跨世紀革命暗語》，以及顧燕翎2020《臺灣婦女運動：爭取性別平等的漫漫長路》，張小虹與其說是關懷普遍的女性議題，不如說是探討如何解決其困擾；而《性別導讀》則收錄了二十一位作家學者的短篇文章，探討臺灣百年來的性別運動，「從#Me Too到#Me only」，望文學能在性別運動中扮演關鍵性的角色，從壓力到解放，真正的「做自己」；顧燕翎的書中，提及婦女為工作權、生育權、性自主奮鬥的過程，使性別意識在臺灣受到更多人的關注。筆者認為，性別形象的構建和認知有賴於大眾傳播，媒介中女性形象構建的研究具有重要的意義，不外乎《灼人祕密》亦是如此，筆者將藉由本電影，探討當今臺灣社會的職場女性形象及性別角色議題。

此外，《灼人祕密》電影中亦提及同性戀議題，雖不是本部電影的核心議題卻值得省思，現今臺灣社會對於同志戀情的看法及同志本人對自己的性別意識及認知相互影響，如朱偉誠2005《臺灣同志小說選》及林佩苓2015《依違於中心與邊陲之間：臺灣當代菁英女同志小說研究》，酷兒理論鬆動了傳統對身分意識與認同的觀念，挑戰人生為男或生為女其性別特徵和舉止應該要相符合的想法以及異性戀霸權，著重在與社會普遍認定的模式下相悖離的性屬與非常態的身分認同。在電影界，臺灣近年也投入酷兒的行列，2014年在臺北和高雄舉辦第一屆的酷兒影展，持續至2021已辦了八屆，透過來自全球的酷兒影片，讓更多人認識酷兒，同時也給同性戀者一個對話、發生的管道，期許他們能獲得自我認同，藉由酷兒力量的串聯，將酷兒世界帶入電影，喚起世人「愛不限性別」的意識。

語言與文化息息相關，本文擬藉由《灼人祕密》的寫實情節內容，探討臺灣女性形象及性別議題，使學習者在賞析電影的同時，也體驗到巧妙的情節安排及其文化意涵。將華語電影作為媒介，實施跨文化教學，透過學生分組的溝通討論，在學習過程中使學習者對臺灣職場女性困境及相關議題更加了解，並同時比較臺灣與學習者母國的文化異同，在跨文化交流中，進一步體會自身與臺灣的價值觀差異，對於語言學習及文化認知皆能產生良好的學習效果。

三、研究方法

3.1 文獻分析法

　　性別意識的關注乃現今社會所關注的議題，本文透過文獻的蒐集、分析、研究來提取所需資料的方法，並以客觀的方式，就所查資料加以研究歸納、整理分析。因為文獻分析法不與文獻中記載的人、事有所接觸，因此，又稱為非接觸性研究方法。文獻分析可以幫助研究者釐清研究的背景事實、理論的發展狀況及研究的具體方向。

　　本文主要蒐集過去學者對女性形象及女性意識的研究，統整分類，重新探究一部新的電影《灼人祕密》，將統整之分類放在電影中的三位女性審視、研究，探察現代電影對女性的刻畫及其心理狀態，讓女性大眾透過本研究的分析後重新探索自己的性別意識。

3.2 性別理論分析

在西方，酷兒（Queer）常意味著不同的東西，一般是用這個名詞來指稱同性戀、雙性戀、變性和反串等跨越性別者（transgender），酷兒是處於邊緣的、另類的次文化位置，也指「與常態文化立場相異的人」，Epstein（2003）指出「酷兒」一詞可以說是一種語言學的再利用行動，在這種用法中，貶義詞得到讚賞，從而否定了這一個詞彙的傷害力。Macey（2000）指出：酷兒理論認為早期同志解放運動將同志認同視為是穩定且核心的是相當不妥的，同性戀應該是知識的範疇（a category of knowledge）而不是明確有形體的現實。

隨著時代的轉變與思想的開放，同性戀已不是奇怪的象徵，同志議題持續許久，甚至走上街頭爭取平權婚姻，然而，《灼人祕密》的同志戀情卻仍然不敢大膽曝光，雖然現今臺灣法律已通過同性婚姻，為同志發聲，但他們心裡仍還有很大的空間需要克服，對於出櫃與否仍交由這個社會看待同志的眼光。

四、分析結果

4.1 《灼人祕密》性別面向

Connell（2002）聲稱，性別關係都是從日常生活中所構建，日常生活中的性別配置（gender arrangement）又與社會結構有關，雖然社會結構限制了性別實踐的範圍，但是社會結構本身又必須透過實踐不斷地被重新建構，否則便無法延續。現今社會性別議題逐漸成為焦點，不論在公領域抑或私領域，性別皆占了重

要的位置影響人類的思考模式，在日常生活中，我們經常體驗到了不對稱的性別關係，Burr（2002）表示，性別是性的社會顯著性，這是指在一定社會中與兩性相關的，或是他們被期待的一群行為與特徵，這也是我們對男性化與女性化的概念。

「性別」具備多種結構，Walby（1990）在《父權理論》一書中將性別面向分成六種結構：有酬工作、家庭生產、文化、性、暴力與國家。女性主義者Mitchell（1971）則在《女人的階級》書中聲稱，女性不只受到一種結構的壓迫，而是四種結構：生產、生殖、社會化與性。可見各家學者在探討性別時，經常以不同觀點、不同角度進行切入，可見性別關係本身的複雜性，而本文則以R. W. Connell所提出的性別面向為討論核心，再從《灼人祕密》電影出發，了解其顯示出的四種關係。Connell指認了性別關係的四個結構面向，分別是權力關係、生產關係、情感關係以及符號關係。

4.1.1 權力關係

權力是影響、甚至控制別人行為的能力，女性主義者Kate Millett（2003）用「父權體制」（patriarchy）一詞來指涉男性掌握所有政治、經濟、社會權力的現象。而暴力也是一種權力的表現。《灼人祕密》呈現一個父權體制下的社會，透過社會化的歷程，使得性別角色在發展上有所差異，透過性別角色的規範來壓抑女性的潛能，更是阻礙了女性在社會上的發展機會，在這種生存環境無法改變的狀態下，女性無法勇於提出質疑並反抗，而是默默的接受一切，才能得到屬於她的人生。

4.1.2 生產關係

張晉芬（1995）社會學家將不同性別分據不同產業的現象稱為職業水平隔離；而同一產業中，男性佔據管理階層，女性集中於底層的現象，則稱為職業垂直隔離。

《灼人祕密》電影中，導演、製片等皆由男性擔任，這些行業在社會普遍上是男性擔任居多，符合水平隔離；而相對的，電影中爭奪角色的人皆為女性，且被要求做些低下不堪入目的動作，符合垂直隔離。

MacKinnon（1989）提及多數的女性仍處於「高跟鞋、領低薪」的狀態，在人才徵選中篩選面貌姣好、身材勻稱的員工，現代臺灣社會，不只演藝工作，就連一般公司企業，均存在這種現象。

4.1.3 情感關係

Michel Foucault（1998）《性史》（The History of Sexuality）曾指出，「同性戀」是在十九世紀透過醫學、心理學與精神分析論述所生產出來的一種情慾分類，但這些在十九世紀被視為性別認同錯亂所造成的精神疾病。《灼人祕密》中的女同性戀戀情在劇中被視為「祕密」，連同現代的二十一世紀社會，對於同性戀戀情仍然存在異樣眼光，尤其是身為公眾人物的妮娜和住在鄉下的Kiki，使得戀情無法公開。

洪士桓（2007）性可以是一種權力，父權文化的核心要素之一便是將女性視為展示、觀看的對象，接受男性觀眾的窺視。電影中要求妮娜拍攝裸露鏡頭，且為一女搭配三男現象，完整呈現

在大銀幕中女性在性關係當中處於弱勢，不但為被窺探對象，且權力為在男性之下。

4.1.4 符號關係

語言、服飾、顏色、儀態皆為傳遞既定性別關係的符號系統，Elizabeth Wilson（2002）對於西方服飾的研究顯示，男女不同的服飾裝扮，不只代表兩性衣著風格的差異，同時也是人們爭取他們可以穿些甚麼的奮鬥歷程。

《灼人祕密》中出現大量的紅色，在一般社會中人們將紅色歸類在女性的顏色，而紅色又代表著警戒和危險，片中紅色的長廊、紅色地毯、試鏡實女演員們穿的紅色禮服，只要紅色一出現，就是在暗示妮娜：「危險來了！」

4.2 《灼人祕密》女性角色性別意識

性別意識是一個連續的過程，指的是對於性別的認定，臺灣的女權運動始於七、八零年代，臺灣女性主義者顧燕翎為倡導者之一，顧燕翎（2000）女人若無法擺脫經濟、政治、社會、文化上的附屬位置，便難逃被宰制的宿命。

西方學者對於性別意識的領域在更早之前就有不少研究，Gurin & Townsend（1986）認為「認同」（identity）意指一個人意識到自己為團體的成員，對於身為成員具有感情連結；而「意識」（consciousness）指的是成員對於所屬群體在社會上之位置所具有的意識形態。而Wilcox（1997）認為性別意識指的是對於性別的認定（identification）、對權力的不滿、對體制的譴責與集體行動的認識。本文將就《灼人祕密》中三位女性的性別意識作

探討。

4.2.1 妮娜的性別意識

在性格特質上，妮娜有自己的主見，對於夢想，她選擇勇敢追尋，不惜離開家人獨自北上，更在演藝圈這條路犧牲了原有的性格，原本的妮娜穿著中性，舉止豪邁，但當她拿起手機當直播主時，卻將身上的衣服換得更性感裸露，甚至在鏡頭面前比出裝可愛的手勢、露出甜美的微笑，與原本的妮娜大不相同，妮娜知道為了獲得更多男性觀眾的支持即代表能賺取更多金錢，因此在工作上她選擇做一個「受男性喜愛」的女性，對她來說女性需同時具備性感與甜美，而他身為女性，尤其在工作上，她確實靠著她的性別賺錢生存。同時，妮娜的行為也符合性別理想，性別理想是社會對於男性與女性的理想上形象、特質及關係，她符合社會上對於女性理想的特質，穿著凸顯身材的衣服，越能顯現其「女人味」，在這方面，妮娜對於性別意識沒有做出外在的抗爭行為，但卻在她的心底造成不悅與恐懼。

4.2.2 Kiki的性別意識

在普遍社會，也就是父權體制的社會下，一位理想的女性應該是柔弱且需要被保護的，應聽從父親或是丈夫的意見，恭敬且從命，片中的Kiki雖還未結婚，但卻聽從父親意見留在家鄉工作，穿著樸實找了一份教師的職業，符合職業的水平隔離，社會上將教師視為女人從事的職業。另一面的她卻依然不放棄她的表演夢，雖是小小的劇團，卻逼著自己愛上劇團的一位男性，不敢坦承自己真實的性向，順從了自古以來的異性戀，卻也間接妥協

了社會上的異性戀霸權，接受賢妻良母的意識形態教化。

4.2.3 3號的性別意識

　　社會上常發生的場面是男強女弱，3號卻處於中間的停損點，在追求夢想方面，她可以不擇手段，表面上看似一位女強人，實際上卻也還是屈服於男性的權力之下，在試鏡的過程她為了達到製片的需求不顧顏面地演一條狗，甚至在地上邊爬邊學狗吠，還以寵物的姿態討好製片；3號也符合了社會對於女性外表的要求，臉蛋姣好、身材完美，穿著性感等，皆擺脫不了社會對於一位「該有的」女性水準。

五、跨文化教學

　　跨文化研究指透過了解與比較不同文化的研究下，揭示在不同社會條件人們的行為和心理發展的異同，而本文希望透過來自不同文化的學生，展開跨文化教學策略，以達到跨文化研究。黃雅英（2015）提及，華語文跨文化溝通能力指能注意到多元文化語境並應用、調節認知、情意、技能等內外在多元語文能力與行為；陳光磊（1992）提到文化教學的方法常有直接闡述、交互融合法、交際實踐法，以及異同比較法。謝佳玲（2015）《漢語與英語跨文化對比：網路社會之語用策略研究》寫道，中文「跨文化」一詞有兩種意思，一為"cross-cultural"不同文化族群間的異同比較，例如漢文化和美文化的相同和相異對比，二為"intercultural"不同文化族群間的接觸與互動情形，例如漢人與美人溝通時的行為表現。

本章教學設計將著重文化教學，簡瑛瑛、蔡雅薰（2014）《華裔學生與華語教學：從理論、應用到文化實踐》「在尚未做好接受異國文化的準備下，學生對於從文字閱讀所獲得的陌生文化訊息，極可能產生誤解或偏見。」如上述所及，筆者認為跨文化教學著實重要，「文化」能表現某地的特徵，無論食衣住行，學生若能從文化方面漸漸地了解他國，也能從而進行克服東西方的文化差異。

　　故本章節設計一堂課時為60分鐘之教學教案，將學生程度設為北美籍CEFR B2之大學生，使學生不會受到語言程度限制而影響討論學習，本堂課為文化討論課無特定選用之教材，而是運用上述提到的跨文化教學法，教師自行製作學習及討論單，課程融合實用及趣味性，以異同討論法讓學生透過分組討論及師生間的互動，理解臺美文化及同性戀情的異同處，有系統的安排學生進行課間討論及思考，目標在認知方面，學生能回憶電影所傳達概念並指出中美的異同之處；情意方面，指出兩國女性在工作上所遇到的困難並分享自身經驗；技能方面，建立自己對於性別認同的價值觀，並在往後生活中以新的觀點看世界。本堂課也搭配教師的直接闡述法進行臺灣文化介紹，且穿插辭彙及成語教學，在學習的過程中，學生不僅能實際運用跨文化溝通，更能進而習得兩國之文化對比。

　　礙於時間因素課堂前教師會要求學生先行觀看兩部影片，並在課堂中撥預告片讓學生們回憶劇情，教師將重點點出介紹後即可進行以下的影片討論。

教學流程			
教學目標	教學活動	教具	時間
引發學習動機，了解臺灣電影生態，對《灼人祕密》電影有先一步的認識	1. 主題介紹 教師用直接闡述法介紹臺灣電影生態及女性議題，例如：東方國家自古以來的重男輕女現象、玻璃天花板現象 2. 展示《灼人祕密》之相關報導及得獎獎項 3. 播放預告片讓學生了解電影簡介，以便更快速融入電影內容	電腦 新聞資料 電影預告片 PPT檔案 投影機	10分鐘
文化分組討論，加深學生學習深度，達到文化對比之成效	1. 影片內容討論 （1）人物角色關係討論：三位女性的關聯、女性與男性之間的關係，例如：上下位者 （2）顏色的暗示：電影中最常用的顏色手法及暗示 （3）對於電應中虛幻與現實的交錯，帶給你甚麼感覺？ （4）你同意電影中處理同志議題的手法表現嗎？ 2. 影片文化內涵討論 （1）問題經驗及分享： 　i. 如果你是電影中的妮娜，面對如此不堪的待遇，你會怎麼做？ 　ii. 不同工作中女性遇到的困境是否雷同？請舉例 　iii.在你的國家對於男女有別，造成甚麼社會現象？ 　iv.你的國家是如何看待同性戀議題的？年齡層不同的人有懸殊的看法嗎？	無	20分鐘
休息5分鐘			
以東西不同文化背景的電影預告片，讓學生達到反思的能力	1. 播放《勝負反手拍》（Battle of the Sexes）預告片 2. 影片內容討論 （1）運動界的女性困境，與演藝界女性的異同處 （2）你認為在現實世界中，女性出身爭取性別不公事件，容易成功嗎？為甚麼？	電腦 預告片 投影機	10分鐘

教學流程			
教學目標	教學活動	教具	時間
以影片內容為主，學生學會影片內的辭彙及衍生出的成語，並能夠發音正確	1. 結合以上影片內容，教師整理出與性別有關的詞彙表，額外提供成語學習單，讓學生能在生活上輕鬆運用，並正確發音 2. 學習單上為成語填空，將成語填進適當的句子裡，並請學生再造一個句子	詞彙表 成語學習單	10分鐘
以課後作業的方式，讓學生達到課後反思之成效，並學習如何將此堂課的文化所學應用在生活中	1. 與同學討論作業單上的題目，回家以紙筆方式完成作業 （1）《灼人祕密》的觀後心得500字 （2）分享家中女性的工作經驗 （3）你看過其他不平等類型的電影嗎？請分享 （4）你支持同性婚姻嗎？	作業單	10分鐘

六、結語

　　本文探討電影《灼人祕密》的女性議題，探究臺灣的職場女性之困境，並結合性別意識與跨文化教學，讓學生在課堂中實地進行小組討論，對比東西方文化之差異，電影不但能呈現生活上真實的語境，亦可用來進行華語文教學的聽說讀寫之教學，讓學生思考電影的內容意涵，對華語文教學來說，是重要的教學媒介。

　　本研究以性別為主題，因女性是近年來社會大眾長期關注的焦點，故筆者們希望能藉由本研究，提升大眾對於女性不平權之意識，給予更多關注及支持。以「職場女性」作為跨文化教學主題，談的是價值觀，結合酷兒理論，不僅能反思職場女性在工作上遇到的處境，也能同時探究女性對於感情世界的內心，如何讓

兩者平衡，一位女性的心理究竟能重拾承受多少「祕密」，亦是本研究探究的重點。

在跨文化教學中，筆者們期望在華語文教學的同時，也讓學生反思生活經驗和文化差異，語言是一種認知，語言會影響一個人的思考模式，故在不同語言背景下成長的思考方式以及思維也不盡相同，透過電影的觀看反思，學生能用華語理解華人的社會文化，同時，透過華人的思維去分析自身的文化，這是很有意義的，也能提高學習語言的效率。期盼二語外籍學生在比較東西文化異同的過程中，能近一步理解體會雙方的價值觀，達到文化認知及語言學習的雙重功效。

七、參考文獻

1. 朱偉誠（2005）。《臺灣同志小說選》，臺北：二魚。
2. 李臺芳（1996）。《女性電影理論》，臺北：揚智。
3. 林佩苓（2015）。《依違於中心與邊陲之間：臺灣當代菁英女同志小說研究》。臺北：秀威。
4. 林津如（2011）。〈女性主義縱橫政治及實踐：以臺灣邊緣同志為例〉，收錄於游素玲主編《跨國女性主義導讀》。臺北：五南。
5. 紀駿傑（2003）。〈生態女性主義：連結性別壓迫與物種壓迫的女性主義觀點〉。《女學學誌：婦女與性別研究》，16，295-321。
6. 洪士桓（2007）。《〈吻我吧！娜娜！〉中角色的性別意識》。國立臺南大學戲劇創作與應用學系。碩士論文。

7. 柯珏如（2015）。《華人傳奇女子形象探討——花木蘭的跨文化與性別越界變形》。國立臺灣師範大學應用華語文學系。碩士論文。

8. 郭育蓉（2017）。《臺灣電影中的少女形象——校園愛情電影與跨文化教學》。國立臺灣師範大學應用華語文系。碩士論文。

9. 畢恆達（2004）。〈女性性別意識形成歷程〉。《通識教育季刊》，11（1&2），117-146。

10. 陳林俠（2010）。〈非「酷兒」亦非「同志」：臺灣電影中的同性戀現象〉。《臺灣研究集刊》，2010（1），27-33。

11. 張小虹（1998）。《性／別研究讀本》。臺北：麥田。

12. 張小虹（2006）。《後現代／女人：權力、慾望與性別表演》。臺北：聯合文學。

13. 黃道明（2012）。《酷兒政治與臺灣現代「性」》。臺北：遠流。

14. 黃雅英（2015）。《華語文跨文化溝通教學》。臺北：新學林。

15. 游婷敬（2005）。《凝視與對望——端睨九十年代臺灣女性電影原貌》，新竹：新竹市文化局。

16. 楊潔（2011）。《酷兒理論與批評實踐》。中國社會科學出版社。

17. 鄭美里（1997）。《女兒圈：女同性戀的性別、家庭與圈內生活》。臺北：女書文化。

18. 鄭芳婷（2020）。〈打造臺灣酷兒敘事學：楊双子《花開時節》作為「鎧角」行動〉。《女學學誌：婦女與性別研

究》，47，93-126。

19. 簡瑛瑛（2003）。《女性心／靈之旅：女族傷痕與邊界書
寫》，臺北：女書文化。

20. 簡瑛瑛（2021）。《從生命書寫到藝術越界：性別族群認
同‧視覺文化再現》，典藏文創。

21. 簡瑛瑛、蔡雅薰（2014）。《華裔學生與華語教學：從理
論、應用到文化實踐》。書林出版有限公司。

22. 謝舒涵（2015）。《女孩的祕密之創作論述——性別認同與
行為研究之探討》。國立臺灣藝術大學多媒體動畫藝術學
系。碩士論文。

23. 顧燕翎主編（2019）。《女性主義理論與流變》。臺北：貓
頭鷹。

印度國別化華語教材之開發與研究

劉殿敏[1]、陳淑芬[2]

臺灣師範大學華語文教學系[1]、

國立清華大學跨院國際碩博士班學位學程[2]

dianeshijr@yahoo.com.tw, chensf@gapp.nthu.edu.tw

摘要

2017年以前印度各大學多使用大陸內地早期所編《實用漢語課本》（劉珣，1981-1986）、《新實用漢語課本》（劉珣，2015-2021），可惜教材較舊，或內容多為大陸生活話題，以及編者希望學習者學習的材料，因此常出現詞彙既無法符合目前需求，內容在生活中實際使用亦有落差的現象。後雖使用臺灣近年所編《當代中文課程》（鄧守信主編，2015），詞彙與內容較為新鮮有趣，但仍屬生活中通用之教材，且多介紹臺灣社會現況，在印度真實生活情境中使用機會不大。且前述兩種教材份量均頗為龐大，與各大學中文課程安排時數極不對稱，經筆者調查有些教師甚至一學期僅能教完一、二課；而另一困境則為當地著作權觀念尚未蔚為學風，不論政府或民間教材多採用影印本。2020年經我國多方努力，印度Sactum Books取得版權，讓《當代中文課

程》第一冊成為第一本在印度出版的臺灣華語教材，但真正符合當地學習者在生活與工作中實用的教材仍然無法得到滿足。故筆者毅然投入共同開發國別化教材行列，尋找解決方案。本文介紹由國立清華大學印度中心針對此一需求運用主題教學、文化對比、核心詞彙等概念所主導的教材《不可思議華語》（Incredible Mandarin）之開發與編寫。第二節介紹印度的華語教學現況；第三節論及印度國別化教材《不可思議華語》之設計理念；第四節為國別化教材之具體實踐。第五節為結論。

關鍵詞：國別化、文化對比、主題教學、核心詞彙、印度

一、前言

　　國別化教材是指針對某一國家或地區實際學習需求而編纂的教材。當一般性的通用教材逐漸不能滿足或不適用於該地區的對外漢語教學時，國別化教材就順勢而生。本文介紹由國立清華大學印度中心針對此一需求所主導的教材《不可思議華語》（Incredible Mandarin）之開發與編寫。（陳淑芬主編，2021）本教材編纂目的即為能更有效地在印度地區之情境中使用，更適合當地的教學型態而編纂。國別化教材在編寫上所須顧及或參考當地的風土民情等，比之通用化教材，更為多元及複雜，故編寫時除了清楚設定學習者的已有能力，在客觀條件及取材上更得仔細審度，這對非母語作者來說難度也較高。印度幅員廣大、人種眾多，地理環境複雜，以致經常發生各地區文化中尚有不同文化，其語言文字各異的情況；或如北印度和南印度的風俗習慣常有差

異的現象，在編纂上如何異中求同，亦為一大考驗。

二、印度的華語教學現況

2.1 外在需求分析

隨著臺灣政府推動南向政策，不只中國，越來越多臺灣企業對投資印度產生興趣，中、臺兩岸大型企業展示活動愈趨頻繁；印度的文明、古蹟讓觀光文化也對外國人充滿了吸引力。多元的市場需求，使得華語溝通與翻譯人才需求大增。此外，近年中印的邊界爭議，常因溝通不良，衝突一觸即發，故印度的軍事與外交人員亟需華語人才，以協助中印邊界事務，也使印度華語學習風氣漸興；惟印度對中國的孔子學院有所戒心，使校方更樂於接受臺灣的華語教育中心進駐。（臺灣光華雜誌，2018）再者，許多中下階層亦企盼藉著語言能力，讓子女獲得工作，早日協助家庭脫貧。因此，在華語教學中心及來自臺灣的華語教師身上，我們發現印度華語教育肩負的不只是對語言的認識，更肩負了對臺灣的認識與臺印文化交流的重任，架起印度對華人世界及亞洲的探索管道。彼此藉此管道的交流互動與互助合作，使信任的氣氛在臺印之間增長。

2.2 華語教材

2017年以前印度各大學多使用大陸內地早期所編《新實用漢語課本》[1]為主，可惜教材較舊，其內容多為大陸生活話題，以

---

[1] 《實用漢語課本》是北京語言學院所編寫的六冊漢語教學叢書，第一、二冊於1981年由商務印書館出版，其他冊數陸續出版。2002年又推出《新實用漢語課本》。

及編者希望學習者學習的材料，而缺乏學習者生活情境中之所需。同時因編纂時間早，許多主題已不適用，故常出現詞彙既不符合目前時空環境需求，內容在生活中實際使用亦有落差的現象。後雖使用臺灣近年所編《當代中文課程》，詞彙與內容較為新鮮有趣，但仍屬生活中通用之教材，且多介紹臺灣社會現況，內容偏向臺灣在地生活，且編者以臺灣使用的華語為編纂主軸，若學生在印度學習，在真實生活情境中使用機會不大，詞彙出現機率極低，使用頻率自然也較低。成為僅能使用於「課堂中的語言」而非「生活中的語言」。

再者，前述兩種教材份量均頗為龐大，與印度各大學中文課程安排時數極不對稱，經筆者對目前臺灣在印度授課的教師進行訪談，有些學校甚至一學期僅能教完一、二課；而另一困境則為當地著作權觀念尚未蔚為學風，不論政府或民間教材多採用影印本。2020年經我國多方努力，印度出版社Sactum Books取得版權，讓《當代中文課程》第一冊成為第一本在印度出版的臺灣華語教材，但真正符合當地學習者在生活與工作中實用的教材仍然無法得到滿足。故開發國別化教材，尋找解決方案是值得重視的議題。

綜合上述觀察與訪談，此一情況極適合編寫國別化課程，將在地文化融入教材，讓學生更易理解與掌握，以補學習情境之不足。

2.3 開課單位與課程類別

印度目前開設華語課程的單位包括大學、宗教團體所辦之教育機構和私人所開辦的補習班。

2.3.1 大學正規課程

　　自1918年印度加爾各答大學歷史系首開漢語班，至著名詩人泰戈爾創立國際大學帶領教學活動正式蓬勃發展開始，漢語教學雖曾從此興盛時期先後歷經20世紀60年代停滯時期，再至80年代後至今日之深入發展時期，但從未間斷。（谷俊、楊文武，2011）。根據2018年中國駐印度大使館數據，目前印度約有20所[2]大學設有中文課程，8所設有中文專業，在校生中學習漢語專業學生約2000人，印度全國學習漢語人數約2萬人（苑基榮，2018）。

　　隨著印方政府對華語教育愈形重視與該國人力資源的實際需求，除已開設的許多正規中文課程外，印度各校逐年增加華語課程比重，並分別與陸方及臺灣進行學術交流合作。在臺印交流部份，以與臺灣教育部、清華大學印度中心、陽明交通大學等學校為主。目前臺灣在印度開辦華語交流課程的大學有下列幾所主要大學：尼赫魯大學、亞米堤大學、金德爾全球大學、吉特卡拉大學、國立伊斯蘭大學、蘭馬斯瓦米紀念大學-AP分校、印度理工學院馬德拉斯分校（IIT-Madras）、坎普爾分校（IIT-Kanpur）、德里分校（IIT-Delhi）、孟買分校（IIT-Bombay）、羅巴爾分校（IIT-Ropar）、印度維爾特克科技大學等。合作型態則以下列為主：

　　（1）設立印度臺灣華語教育中心（國立清華大學，迄今

---

[2]　據筆者了解，印度設有中文課程的大學不只20所。

10所）

（2）設駐點辦公室，派駐華語教師（如：國立陽明交通大學4所）

（3）簽署雙聯碩士／博士學位合約（如：國立陽明交通大學、國立清華大學）

（4）簽署『3+2學位方案』（如：國立宜蘭大學：學生先在印度國內修讀3年，再飛往臺灣修讀2年。）

2.3.2 宗教團體所辦之教育機構

宗教團體教育機構中，以佛光山在新德里開辦的佛光山沙彌學園最為著名。該校以復興佛教為宗旨，招收印度各地學子，目前學員主要來自北方邦與中央邦，但2020年至2021年因Covid 19重創印度，印方政府規定各級學校教學活動一律暫停，學子返家。此一命令對佛光山沙彌學園也影響甚巨，約1/4學員在此次返鄉後還俗。[3]

經此變，極為重視語言類課程的該校，雖因疫情已無華語師資，復課後仍依以往規劃，於佛學課程外規定學員必修英文、Hindi、巴利文，當然中文更是他們在多種語言中堅持必修的一門課。目前該校依學員程度於五年級、六年級、七年級開華語課（含作文、TOCFL、HSK等測驗輔導課程）。因係以程度分班，有時班上亦會出現幾個年齡層很小，但語言天分高的低年級學生。

---

[3] 本文第一作者先後於2016~2018在沙彌學園教授實體課程1年8個月，2019~2021返臺後持續遠距教學1.5年，期間並以《不可思議華語》進行試教合作課程。

2.3.3 私人所開辦的補習班

印度華語補習班大致分為以下三種類型：

（1）印度人開設的中文補習班，如：印華中文學校（苑基榮，2018）及2011年之前開設的中文補習班，但無母語師資。
（2）華人合夥兼辦附帶旅遊業務的語言中心。
（3）臺印民間人士合作的語言專業補習班，如：新德里「美譽中文教育中心」，負責人為臺籍與印籍教師三人。

這些補習班的學員身分多元，有大公司的CEO和高階主管、表演藝術家、手機遊戲公司負責人、想透過語言翻身的較低種姓與低教育的印度人，更不乏駐印度的各國大使館高官、《紐約時報》駐印度的記者等。他們的目的很直接，就是要去中文地區發展，通吃中、印、臺等地超過25億人口的市場。（林讓均，2018）

2.4 師資來源

印度華語師資主要分為四大師資群。第一大師資群為印度各大學培養的漢語專業人才，第二大師資群則為大陸地區孔子學院外派教師。第三大師資群為臺灣教育部甄選之各大學外派教師與國立清華大學印度中心外派教師。此第一至第三類師資群，均受過正規嚴謹的華語師資養成教育，尤其臺灣外派師資均具有臺灣教育部對外華語教師認證資格。但相對應於市場需求，專業華語

師資整體來說，在印度仍屬缺乏狀態。一般來說臺灣地區教師的教學法較為活潑，貼近生活，極受當地學生喜愛，臺印供需市場本應極為契合，卻因印度生活條件較為嚴峻，臺灣各大學華語教學專業領域畢業生找工作或爭取教育部外派機會，大多以歐美為優先，加以國人對印度先入為主的尊男抑女印象，亦成為影響外派教師本身意願及造成家人反對壓力的主要因素。在此人力需求大，教師派遣意願卻低的情況下，自然更加顯露師資人力明顯不足的缺口。

第四大師資群為補習班教師，這一類教師的來源較為多元，除了印度各校漢學相關學系自己培養的漢語人才外，大陸、臺灣兩地外派工作者和移民家長，也為數不少，且人數逐年成長中。2011年之前，印度補習班師資多為印度籍，以當地最大的補習班印華中文學校為例，從開班時僅有六名學生，目前在新德里、孟買、古爾岡、浦那等四個城市開設了18所分校，1000餘名學員，師資也曾至30多名。（新華網，2018）近年，補習班教師背景為母語者漸增，與非母語者合作的專業補習班也相繼成立。至於孔子學院外派教師則因近年中印邊界屢生嫌隙，中印關係的變化，造成師資人數逐漸減少。而因工作外派家長、臺商及移民家長，則因自己子女教育需求，關心華語教育，繼而陸續投入教學市場，成為一種新興的師資來源，但人數並不多。

三、印度國別化教材之設計理念

《不可思議華語》（*Incredible Mandarin*）此一國別化教材之編寫，實鑒於印度適用於當代、當地、且蘊含該國文化之華語

教材極度缺乏；此外，印度臺灣華語教育中心之一的亞米堤大學（Amity University）即將成立華語系，亟需中級華語教材。因此，臺印雙方學者於第一、二屆的「印度—臺灣印度華語教材雙邊共構論壇」中，均曾多次呼籲並正式通過編寫教材計畫，聘請清華大學陳淑芬教授擔任主編。陳淑芬教授遂於會後隨即以主編身分積極展開作業，聘文化大學助理教授張箴、清華大學資深講師陳慶華、臺灣師範大學資深華語教師劉殿敏等擔任編寫教師。《不可思議華語》（Incredible Mandarin），2021年底由臺北五南圖書公司正式出版了第一本印度國別化華語教材；並於2022年4月在印度出版。

　　《不可思議華語》（Incredible Mandarin）以幽默有趣的故事內容，串起這本華語課本的十課，並以文化對比的角度來介紹臺灣和印度的文化特色。書中以周經理、王祕書、桑吉、韋經理四位主人翁串起故事。在印度女性的社會地位問題，常被許多地區視為談論禁忌，此現象與兩性平權的臺灣地區就業人口結構差異頗大，為顛覆性別刻板印象，腳色設定時以臺灣珠寶公司的女性經理和男性祕書來到印度出差為主軸，進行一週的incredible印度之旅。課文中男性祕書王偉中，正是以印度中心同名同姓的國立清華大學印度中心王偉中主任為取材原型。王主任是個札實的「印度通」，為了臺、印兩國的交流，至今來往臺、印共44次，不僅在印度如此艱困環境下推動華語教學，讓數千名印度學生學習正體字華語，更鼓勵並協助許多印度學子跨海來臺就讀。為感佩其對印度華語教學的無私奉獻，於本書出版的同時，將王偉中主任的名字在印度華語教材上留名，以為傳承和感謝他為臺、印交流真誠地付出與貢獻。桑吉、韋經理則為印度商界朋友。桑吉

並設定為曾出國受西方文化及教育薰陶的現代印度青年，由他身上帶出比較有生氣和趣味的對話。除了串聯全書的人物設計及故事發展外，本書並以劉珣（2000）所提出教材編寫的五大原則作為設計藍圖。

3.1 針對性

在印度除了少數特殊目的開設的課程外，各大學囿於現實並未以對語言學習最有利之帶狀形式開設，致授課時數偏低，教材量過大，常造成一學期僅授完1~2課的現象，影響學習效果。基於環境現實，本教材特別依實際狀況設計，每課之對話及短文，對話話輪均設在14-18個話輪，短文設定300字左右，讓學生在每一段學習過程中，取得完整的學習，不致因時間拖長，學習者每節上課得先回顧之前所學。另外本書重點為：

（1）明確界定通用教材與國別化教材不同的取向。
（2）學習者背景與內容的切合性。
（3）學習效果受內容選擇及其內容的影響。
（4）藉課文內容將中國文化與印度文化進行對比分析。
（5）在比重上採取對等的分量和時間處理兩種文化。
（6）重新思考兩種文化的異同是否影響學習者的動機。

3.2 實用性

人民對經濟活動的期待與其他國家相較，不可諱言人口眾多的印度更為迫切。許多商業活動是在種性觀念尚存的社會結構中，人民藉以努力向上的階梯，故本書以介紹印度當地景點、節

慶、古蹟、瑜珈文化和養生等話題，搭配與生活結合的相關核心詞彙及語法，讓學習者能在生活中實踐。不論從事導遊、外交、商展、談判及各行各業，依學習程度，不論深淺，均有合適詞彙與能力，向外國人介紹並展示印度文化。

例1：第一課語言任務

例句：A：市民大道商店街離飯店有多少公里？遠不遠？
　　　B：市民大道商店街離飯店有0.25公里，不遠，很近。

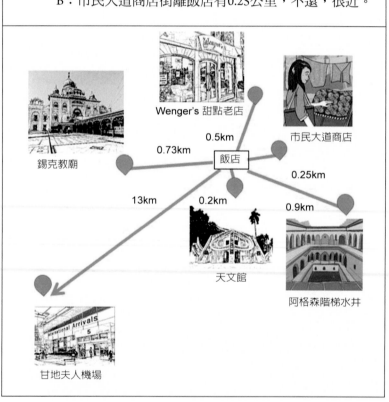

3.3 科學性

在語法介紹上，具有科學性。首先，每個章節的語法，除了說明外，同一語法中有不同類型，均依序附例句，先行演示，學習者可便於閱讀進而理解。其次，開始作業練習，以鞏固習得材料。此外，每課最後的語言任務做綜合性地練習，達成創作性地輸出，任務設計大多以開放性的形式編寫，讓學生創作能力得以擴展與發揮。同時課文內容上不但介紹名勝古蹟、瑜珈，亦不時從中展現兩國祖先的科學智慧與養生之道。

3.4 趣味性

不僅在一連串的故事內容中充滿趣味性，課文中的對話亦常以幽默形式呈現，比方王祕書綽號小鮮肉，是個印度通。不時展現王祕書的機靈，與臺印禮俗中有趣的或感人的文化。如包禮金時「發、發、發」，帶出習俗。又如故事發展支線中，40多歲家族珠寶企業的經理，長相帥氣，內涵不錯，受過西式教育，勇於追求愛情，希望和周經理發展姐弟戀。充分呈現印度年輕一代與西方世界互動後，思想觀念逐漸改變，更具自信及與他國交流能力。

3.5 系統性

《不可思議華語》的詞類編纂和語法安排，由淺入深，不斷複習，與學生已學知識背景配合，前面各課生詞在後面的各課內容中亦不斷重複練習，讓學生一直保持在紮實的舊有基礎上，充滿動能，往上學習。詞彙分類法依循鄧守信教授主編之《當代中文課程》讓學習者在印度目前使用的教材上有一致性規範。

表1　華語的八大詞類表

Abbreviations	Parts of Speech	Chinese Terms	Examples
N	noun	名詞	經理、合約、禮盒、貴賓、家鄉、甜點、手環
V	verb	動詞	送、整理、了解、建議、邀請、報名、欣賞
Adv	adverb	副詞	很、不、相當、難怪、不久、順便、特地
Conj	conjunction	連詞	和、而、而且、雖然、可是、所以、如果
Prep	preposition	介詞	從、給、在、跟、趁、按照、透過
M	measure	量詞	個、張、罐、節、套、趟、伏特
Ptc	particle	助詞	的、得、了、嗎、吧、把、被
Det	determiner	限定詞	這、那、每、哪、各、其他、另外

　　文化中說書人的腳色不容小覷，總能吸引眾人的關注與興趣。故本教材帶入了一些說書人的視野，用有些詼諧與浪漫的人物和參訪行程做為發展主線，依此做了各課故事系統化色彩地重點安排，讓各課間之串連、漢語語法之安排，成為一個合邏輯的系統安排。以出發、接風等最現實的需求開始（第一、二課），進而簽約成功達成主要任務，而後方能稍微利用短時間做了一趟新德里的自由行，初步了解了印度的交通（第三課），並在印度通安排的排燈節之外（第四課），更多緊湊的行程讓他們在第二天參加婚禮時認識了熱情且接受過西方教育的現代青年。自此合理生出一個新的脈絡，透過他看見了婚禮文化（第五課），又在他的引導下安全地進行了一連串看古蹟認識歷史和印度的愛情文化（第六課）、逛市集看看印度平民商業活動（第七課）、旅途中舒散一下筋骨認識印度國寶瑜珈和阿育吠陀（第八課），充滿人情的歡送會（第十課），伴手禮（第九課）更讓印度學習者了

解我國的人情禮儀。教師可以按課鋪排，讓印度學習者，在每課結束時帶著對下一課章節的期盼，看看華語母語者如何用他們的詞彙來詮釋印度的文化。本書出版前的試教中還發現使用國別化教材的學生，除了呈現其他教科書無法帶出的參與熱情，積極貢獻所知外，還充滿了興趣和驕傲。

表2 前五課重點

課數	標題	課文屬性	課程目標	語法	跨文化延伸
第一課	印度，我們來了！	出訪前準備	1. 能說明出訪前準備 2. 能了解並比較臺灣與印度的送禮習俗。 3. 能了解臺灣和印度兩國女性就業的情況。	1. A離B 2. V過 3. 會……的 4. 為了	女性就業
第二課	接風	餐桌禮儀	1. 能了解印度和臺灣安排座位的禮節。 2. 能了解在印度做客的禮節。 3. 能了解臺灣與印度社群媒體。（LINE VS. Whats App）使用的差異。	1. V+「到1」和「到2」 2. V著 3. 正/在/正在 4. 把…V+在/到/給	臺印社群媒體使用差異（LINE VS. Whats App）
第三課	自由行	交通	1. 能介紹印度大城市的主要交通工具。 2. 能介紹臺灣和印度都會地鐵的特點。 3. 能介紹一般平民化的交通工具。	1. 「被」字句 2. V著V著，就……了 3. 差不多 4. V來V去	三輪車跑得快
第四課	熱鬧的排燈節	節日慶典	1. 能了解排燈節對印度人的意義。 2. 能了解排燈節的活動內容。 3. 能比較印度排燈節點油燈與臺灣春節點光明燈的異同。 4. 能適時、適地使用中文的祝賀語。	1. ……呢 2. V+得/不+結果補語/趨向補語 3. 一點都/也不 4. V好	中文的祝賀語

課數	標題	課文屬性	課程目標	語法	跨文化延伸
第五課	去喝喜酒	婚禮文化	1. 能使用有關婚禮的相關詞彙。 2. 能介紹印度婚禮新娘的服飾、繞火堆等傳統。 3. 能了解參加印度婚禮的服飾、禮金等習俗。	1. Vs 極了、Vs 得不得了、Vs 得很 2. V 起來 3. 連……都／也…… 4. 越……，越……	婚禮昏禮

四、國別化教材之具體實踐

《不可思議華語》（*Incredible Mandarin*）依循設計理念為導向，逐步完成七大結構。由此再行反推檢視，以符合印度國別化教材之運用與規範。

4.1 具體實踐在地化

在本教材設計的七大結構中[4]，例如對話、詞彙、語言任務甚至語法練習，不時以當地特有的文化、環境、習俗設計內容，帶出印度學習者生活中已知的訊息，將印度豐富的景觀及讓人自豪的古蹟、各景點名稱，讓學習者使用第二語言說明環境與文化。

---

[4]　《不可思議華語》序二中提到，每一課分為七個部分：課程目標及課文屬性、課文對話、短文、生詞、語法、跨文化延伸和語言任務。

例2：習俗類

第一課對話Dialogue

周經理：去印度，我們應該帶什麼禮物？

王祕書：因為宗教的關係，我們不能送皮類和酒類的東西。

周經理：那應該送什麼？

王祕書：我們多帶幾罐臺灣烏龍茶好了！

例3：古蹟、文化類

第六課對話Dialogue

【桑吉陪著周經理和王祕書，一起到泰姬瑪哈陵參觀，周經理看著這座陵寢的牆。】

周經理：四百年前的建築就知道用白色大理石和珠寶，真不可思議。

桑　吉：不過偉大的建築，沒有浪漫的故事，就不夠吸引人。

周經理：你是說泰姬瑪哈陵又是古蹟，又有故事？

王祕書：我知道，這座陵寢是沙迦罕王為了王后蓋的。

4.2 展現實用性

　　華語與其他語言相較，在語用上對情境具高度依賴性，因此如何編寫出更自然真實，而且實用度高的內容，是本教材要掌握的方向，故以下列重點展現其實用性。

4.2.1 生詞

　　為達實用性特採主題式教學法為詞彙基本編輯理念，以主題為核心，環繞主題發展詞彙。筆者再以自創並推動之蜂巢教學理念（圖1），同時以情境式教學法為輔，在適當的情境中以合理的語用帶出必須使用的詞彙，先設計出主話題脈絡，後以子話題分類承接主話題，環環相扣，形成前後思路自然發展的詞彙產生模式。同時參考能力等級分類，但若為該話題的核心詞彙，屬於高頻詞的話，即使超標亦予編入，但每課控制在百分之二的比例之下。

圖1　蜂巢式之詞彙教學

4.2.2 語言任務

跳脫通用性教材的問路標的，與日常生活的地圖、景點圖像結合，更具真實感，學生也更容易掌握方向與達成任務的句式，如3.2中的例1，就是利用印度新德里在地的旅遊景點所設計的語言任務。

4.3 實踐定向原則

符合定向原則，確定針對何種教學類型編寫哪一類教材、教學對象為何種等級、適合多少學生？

4.3.1 課程目標具體清楚

每一課都有具體的課文屬性及課程目標。

表3　第一課和第二課之課程目標

課數	標題	課文屬性	課程目標
第一課	印度，我們來了！	出訪前準備	◆ 能說明出訪前準備。 ◆ 能了解並比較臺灣與印度的送禮習俗。 ◆ 能了解臺灣和印度兩國女性就業的情況。
第二課	接風	餐桌禮儀	◆ 能了解印度和臺灣安排座位的禮節。 ◆ 能了解在印度做客的禮節。 ◆ 能了解臺灣與印度社群媒體（LINE vs. WhatsApp）使用的差異。

4.3.2 課程內容編排

主題設定分三部分。第一部分：從臺灣出發前需預備事項到社交的接風禮儀，第二部分：簽約後周經理在新德里自由行及參

加喜宴、參訪古蹟、逛市集、養生等活動，第三部分：結尾，返臺前為親友挑選伴手禮、參加歡送會等。

表4　《不可思議華語》各課標題

第一課	印度，我們來了！
第二課	接風
第三課	自由行
第四課	熱鬧的排燈節
第五課	去喝喜酒
第六課	古蹟的故事
第七課	逛逛市集
第八課	養生的方法
第九課	伴手禮
第十課	歡送會

4.4 實現科學及系統化原則

　　每課從課文對話與短文選出四至五個語法點，進行有系統的語法說明，適時比較相似的語法點，並提供演示多個例句，以及多樣性的語法練習，幫助學生熟悉運用。透過廣泛使用的英語PPP教學法Presentation（演示）→Practice（練習）→Production（產出），這個PPP的3P過程，以科學的流程把傳統以老師為中心的學習，在上升、過渡的提問式教學法下，自然地過渡到以學生為中心的模式，再從綜合性的語言任務單元設計，讓學生擁有自行創造自主使用的能力。（Jin, 2018）

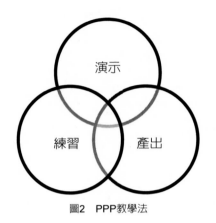

圖2　PPP教學法

例4：第八課語法點之一例

步驟一：演示

一、不但…，而且…

例句：

1. 食療不但能養生，而且能治病。

2. 這部電影，不但我喜歡看，而且我同學也喜歡看。

3. 現在的手機（不但）都能拍照，而且能上網買東西。

步驟二：練習

產出：請用「不但…，而且…」完成下面句子

1. 水果不但_____，而且_____。（好吃；健康）

2. 臺灣的夏天不但_____，而且_____。
　（熱；溼）

3. 瑜珈不但對＿＿＿＿＿＿＿，而且＿＿＿＿＿＿＿。（身體
好；養生）

4. 我昨天不但去＿＿＿＿＿＿，而且去＿＿＿＿＿＿＿。
（VO；VO）

5. 來臺灣學中文，不但＿＿＿＿＿，而且＿＿＿＿＿。

步驟三：產出（學習者自行創作）

語言任務練習：二、學生兩個人一組，針對臺灣與印度的交
通、食物、天氣進行討論。並使用課本
提供的句型，向全班同學報告同伴的
說法。

例句：他說他覺得印度的食物比較好吃。因為印度的食物跟
臺灣比起來，＿＿＿＿＿的食物比較＿＿＿＿＿＿，
而且＿＿＿＿＿＿。雖然臺灣的食物＿＿＿＿＿，
但是他還是喜歡吃印度的食物。

4.5 符合文化原則

4.5.1 跨文化延伸

　　恰當地選擇和安排文化點，讓印、華雙方在教與學中更理
解彼此，進而提升學習者在跨文化溝通時的具體情境中處理文化
差異的能力。與張曉麗（2016）所提何淑貞等人（2019）論及編

寫華語教材需注意八項原則之文化原則相符。談論印度月亮井不論晴雨水位高低均可取水的特點時，對比分析了臺灣地理環境缺陷，以水庫補足水力電力的問題。此部分以英文為主，讓學生能更加了解臺印文化之異同，培養國際觀與多元觀點。並在課本附錄三中提供中文版本，作為進階的閱讀補充教材。

表5：《不可思議華語》各課跨文化延伸

課數	跨文化延伸
第一課	女性就業
第二課	臺印社群媒體使用差異（LINE vs.WhatsApp）
第三課	三輪車跑得快
第四課	中文的祝賀語
第五課	婚禮昏禮
第六課	古蹟的科學
第七課	臺印的素食文化
第八課	中醫與阿育吠陀
第九課	中國的玉文化
第十課	臺印不同的商務談判方式

4.5.2 語言任務

　　每課規劃兩個語言任務，接續語法點教學的3P原則，做更強幅度的語言產出與創作。利用語法點設計任務型教學活動，提供多樣性的溝通活動，學習實用的華語，增進其口語能力，並自然融入文化要素。

例5：第五課語言任務

二、角色扮演：介紹一個你參加過或看過的婚禮。

　　學生四人一組，一人當主持人，訪問三位朋友。請用下面表格進行訪問，每人用本課學過的語法或生詞，回答3-4個問題。

問題	回答
1.誰結婚？	我表哥結婚。
2.跟誰一起去參加的？	
3.婚禮是在哪裡舉行的？	
4.新郎、新娘穿什麼禮服？	
5.客人穿什麼？	
6.你包紅包了嗎？怎麼包的？為什麼？	
7.貴國包禮金有什麼習俗？	
8.你在婚禮中還看到什麼風俗或文化？	
9.臺灣和印度婚禮有什麼不同？	
10.你想要一個什麼樣的婚禮？為什麼？	
11.自由提問	
12.自由提問	

　　婚禮在印度是最重大的一件事，每個學生不論已婚、未婚都能說出自己豐富的參與經驗。在試教活動中，已婚的印度學生都非常樂意分享他們人生中最幸福的時刻，尤其女孩子不但完成任務，更展示了許多自我的珍貴婚禮紀錄片，讓我們更清楚地也做了跨文化學習。

五、結論

　　本教材已於2021年正式出版，經主編在第三屆「印度-臺灣印度華語教材雙邊共構論壇」新書介紹及在臺新書發表記者會後，獲印度大學及試用學生熱烈回饋，均亟為期盼能早日普遍使用此教材。本教材所有同仁亦期盼透過越來越多的教師和學習者，在大量學習者共同使用之檢測過程中，將教材細微或不足處反映出來，並檢測出更合理的教材內容量與時數搭配，提升教學效果，引起學習者學習動機。編纂過程中，筆者深感編書期間若能更深入當地，相信取材更可以對準目標，亦能減少一些錯誤，藉此為探索發展印度大學國別化華語教材系列叢書踏出更穩健的第一步。也期盼能在各國別化教材編纂上，提出一個更有效的方式，及與教學計畫更貼切的編寫方式。

　　此外，單一教材的影響力有限，使用上無法提供進階學習或向下建築基本能力的機會，建議未來國別化教材可朝系列套書編纂方向嘗試。同時臺、印雙方的態度，如「目前臺灣政府推動新南向政策是為了減少對中國的依賴，往南開拓外交空間；而印度近期與中國摩擦不斷，自然也尋求機會借力使力以平衡中國實力。」甚至印方的公然宣示「印方無意挑戰一個中國原則，然而在一個中國原則下，印度仍有與臺灣互動的空間與彈性。」（印度尤，2017）在諸多與此類似來自當地中、印戰略摩擦臺灣有什麼機會的觀點中，中、巴經濟走廊經過喀什米爾領土爭議區透露出的訊息，尤其值得關注，因為筆者發現這些情境，同樣給了華語教材在外交、政治、國防、經濟上鮮活實

際的素材及需要，未來在專業華語的編纂上應該會有更大的需求市場和編纂空間。

六、參考文獻

1. Jin, Honggang. (2018). An Interactive Approach to Teacher's Questions: Theories and Practices International Chinese Language Education, 1, 51-67.

2. 印度尤（2017年2月22日）。〈印度為何打起「臺灣牌」？——新南向政策的機會與考驗〉。報導者。檢自：https://www.twreporter.org/a/new-southward-policy-india-taiwan-card。

3. 何淑貞、張孝裕、陳立芬、舒兆民、蔡雅薰、賴明德（2019）。《華語文教學導論》（二版）。臺北：三民書局。

4. 谷俊、楊文武（2011）。〈印度漢語教學的發展狀況、問題及對策思考〉。《南亞研究季刊》，總144期，102-108、114。

5. 林讓均（2018年8月6日）。〈印度人醉心學中文把握華語教育新顯學〉。《遠見》。檢自：https://www.gvm.com.tw/article/45375。

6. 苑基榮（2018年4月27日）。「漢語熱」在印度持續升溫約有20所大學開設中文課。新華網。檢自：http://big5.xinhuanet.com/gate/big5/www.xinhuanet.com/world/2018-04/26/c1122743220.htm。

7 張曉麗（2016）。《印尼國別化職場華語教材設計研究》。桃園市：中原大學應用華語文研究所碩士論文。

8. 陳淑芬主編，張箴、劉殿敏、陳慶華（編寫教師），2021。
《不可思議華語》Incredible Mandarin。臺北：五南圖書。

9. 劉珣、鄧恩明、劉社會（1981-1986）。《實用漢語課本》。
北京語言大學出版社

10. 劉珣（2015-2021）。《新實用漢語課本》（第三版）。北京
語言大學出版社。

11. 劉珣（2000）。《對外漢語教育學引論》。北京：北京語言
大學出版社。

12. 鄧守信主編（2015）。《當代中文課程》。臺北：聯經出
版社。

13. 鄧慧純（2018年2月）。〈華教新藍海　印度華文熱〉。
臺灣光華雜誌。檢自：https://nspp.mofa.gov.tw/nspp/news.
php?post=129074。

以文化對比分析法比較馬來西亞、新加坡和臺灣小學華文教材的「中華文化」異同

紀月慧

國立政治大學華語文教學博士學位學程博士生

keeyuehui@gmail.com

摘要

馬來西亞小學華文教材《華文》由教育部發行，新加坡小學華文教材《歡樂夥伴》也是由教育部課程規劃與發展司發行，而臺灣小學國文教材《國語》則是由康軒文教事業、南一書局和翰林出版分別編撰，經教育部審定，最後讓學校決定使用哪家出版社的教材，故臺灣小學國文教材《國語》較其他兩國豐富。華文教材因為編撰的國家不同，因此教材中的中華文化內容也有些差異。

古老的中華文化源自中國，中華文化隨著中華民族逃難、移民或依親等原因傳承至馬來西亞、新加坡和臺灣。深受中國影響的馬來西亞和新加坡，無論是使用簡體字和日常用語都跟隨中國，此外，馬來西亞的小學華文教材中引用了臺灣作家的文章。在中華文化和本土文化日積月累的交際下，馬來西亞、新加坡和

臺灣的中華文化不再是純中華文化，變異成馬來西亞華人文化，新加坡華人文化和臺灣文化。本文使用Lado的文化對比分析法比較三者小學華文教材的中華文化異同，期以跨文化的新視角探究不同國家的小學華文教材。

關鍵詞：馬來西亞小學華文教材、新加坡小學華文教材、臺灣小學華文教材、中華文化、文化對比分析法

一、前言

　　文化在傳承的過程中受到其它文化影響會變異。同樣屬於中華文化的臺灣文化、馬來西亞華人文化和新加坡華人文化在經過文化對比分析以後，發現彼此之間的文化有異同之處。

　　拉多（Robert Lado）認為，人們先入為主地過濾了錯誤信息而成為本土文化的一部分，也成為本土文化對外國的「正確」看法。（Robert Lado.（1957），頁120-121）拉多指的正確看法其實是錯誤看法，意味著不同文化之間有時會產生誤解。其中，更說明部分本土文化也許是人們先入為主的觀念形成的，先入為主觀念所形成的本土文化對外國文化也會產生誤解。拉多曾使用文化對比分析比較美國學生不同的文化差異，本文則使用相同的方式比較馬來西亞、新加坡和臺灣小學華文教材，運用文化對比分析不一樣的中華文化。

　　本文要分析的是中華文化在融合其它文化以後所產生的不同之處。中華文化在接受或融合其它文化時，其自身文化會有所改變，故此產生了新加坡華人文化，馬來西亞華人文化、和臺灣

文化。

在跨文化交際中，為了有助於交際的成功，也有可能出現依附於某一方文化的現象。（劉珣（2000）。《對外漢語教育學引論》，北京：北京語言大學出版，頁128）文化融合是文化依附現象，海外華人為了保留中華文化又必須掌握目的語文化，故一些言語會依附目的語文化而有別於中華文化。

二、傳統中華文化

傳統文化是馬來西亞華人、新加坡人和臺灣人的共同民族記憶。這些共同文化出現在小學教材中。以下是新加坡、馬來西亞和臺灣華文小學教材裡膾炙人口並且令人記憶深刻的中國古代詩歌、古文和古代人物。

2.1 古代詩歌

李白〈贈汪倫〉（《歡樂夥伴》五年級下冊，頁26）
蘇軾〈飲湖上初晴後雨〉（康軒《國語》五下，頁92）（翰林《國語》五上，頁64-65）
蘇軾〈題西林壁〉（康軒《國語》五下，頁95）（翰林《國語》四下，頁54）
王駕〈雨晴〉（翰林《國語》六上，頁70-71）
韓愈〈初春小雨〉（翰林《國語》六上，頁72）

2.2 古文和古代人物

〈完璧歸趙〉（康軒《國語》四上，頁120）
馬景賢〈秋江獨釣〉（康軒《國語》五下，頁12）記敘了清朝乾隆皇帝對紀曉嵐所作詩句的欽佩與讚嘆。

〈英雄有淚〉（馬來西亞五年級《華文》，頁30-33）描寫了楚國大夫申包胥哭了七天七夜感動秦哀公出兵幫助楚國。
〈武靈王大膽革新〉（馬來西亞六年級《華文》，頁151）描寫了趙武靈王要全國百姓穿胡服以及軍人改穿胡服上陣的軍事改革。
洪志明〈智救養馬人〉（康軒《國語》五下，頁16）改寫自晏子春秋。文中敘述了晏子如何以智慧勸諫國君景公免除養馬人死罪的故事。
〈橘化為枳〉（翰林《國語》六下，頁14）選自晏子春秋。
〈七步成詩〉（《歡樂夥伴》六年級上冊，頁89-90）敘述了曹植〈七步詩〉的由來。
陶淵明〈桃花源記〉（康軒《國語》六下，頁104）
〈小時了了〉（南一《國語》六下，頁42）選自劉義慶編著的《世說新語》。
蒲松齡〈戲術〉（南一《國語》六上，頁48）
朱柏廬〈朱子治家格言〉（康軒《國語》六上，頁26）
〈女媧補天〉（《歡樂夥伴》五年級上冊，頁108）
〈愚公移山〉（《歡樂夥伴》五年級上冊，頁110）
改寫自曹雪芹《紅樓夢》的〈劉姥姥進大觀園〉（馬來西亞六年級《華文》，頁145）

　　除了中國古代的詩歌、古文和古代人物記載以外，教材也編撰了現代散文如朱自清〈春〉（南一《國語》六下，頁12），徐志摩〈再別康橋〉（翰林《國語》六上翰林，頁26）和胡適〈差不多先生〉（馬來西亞五年級《華文》，頁153）。

　　具有文化意義的文章如〈地下護衛軍〉（南一《國語》五下，頁110）描寫中國西安出土的秦兵馬俑是秦代文化和陶塑藝術的巔峰之作。以及劉還月〈敬字紙與惜字亭〉（南一《國語》四上，頁46）描寫了敬重字紙的中華文化。

　　中國古代文學是馬來西亞、新加坡和臺灣的共同文化記憶，雖然彼此傳承了同樣的中華文化，可是受到方言、外來文化和本土文化的影響，中華文化產生了變異，以下我們進一步了解新馬和臺灣進行對比後所產生的「不一樣的中華文化」。

三、馬來西亞、新加坡和臺灣不同的
　　「中華文化」

　　拉多曾經對接受不同語言和文化的美國學生進行研究，他發現美國學生對於老師從課本中所教的詞彙或參考資料無法理解或是誤解，因為老師教導的知識內容和本土文化不同……文化理解是非常重要的。（Robert Lado.（1964），頁149）雖然同樣是美國學生，但是對於來自不同文化背景的學生要完全理解美國文化是一件困難的事。於是拉多提出學習其他文化的概念，不同文化之間要相互理解，如果不了解該文化，會產生誤解。不同國家的華人在交流的過程中，會否因為中華文化的差異而產生誤解？馬來西亞的中華文化、新加坡的中華文化和臺灣的中華文化皆來自於古老的中國大陸。隨著時間的洗禮，中華文化漸漸與在地文化（本土文化）融合，形成不一樣的中華文化。而這些不一樣的中華文化必須進行交流，才不會產生誤解。

　　傳承中國普通話的馬來西亞和新加坡與臺灣國語在發音有些不同，其實有其歷史淵源。韓玉華在〈普通話語音研究百年〉文中敘述：

> 1912年7月，國民政府剛剛成立不久，就在北京召開的臨時教育會議上肯定了「國語」這個名稱，決定在全國範圍內推行「國語」。1913年，教育部召開了有各省代表參加的讀書統一會，力求確定國音的標準……中華人民共和國成立後，漢民族共同語標準音進入了新的歷史時期。不同

於民國時期追求的讀音統一，新時期採用了「規範」這一關鍵詞。單就語音而言，規範是指將北京語音中不符合共同語要求的部分剔除……中華人民共和國成立前夕，吳玉章給毛澤東寫信，提出各地方要以較普遍的、通行最廣的北方話作為標準，使全國語言有一個統一發展的方向……最終決定將漢民族共同語定名為普通話，普通話以北京語音為標準音。（韓玉華（2016）。〈普通話語音研究百年〉，語言戰略研究，2016年第四期，頁33-34）

　　臺灣因為國民政府遷移至臺灣而沿用「國語」，而中國則因為中華人民共和國成立後，規範了「國語」，使其變成「普通話」。中國的「普通話」在馬來西亞和新加坡被稱為「華語」，主要原因為新馬兩國皆是多元民族的國家，國家語言都是馬來語，因此代表華族的母語以「華語」稱之。由於歷史因素，臺灣國語和中國普通話的發音有所不同。

　　經過本土文化的融入，中華文化產生了變異。中華文化變異的發生除了受到本土文化的影響以外，中國方言的影響也不容小覷。此外，由於地域差異，新馬華語的發音和臺灣國語的發音有所不同。

3.1 新馬華語和臺灣國語發音不同

　　在中國大陸，不同省份中國人的漢語口音有所不同。馬來西亞和新加坡的華語讀音和中國北京口音比較相似，而臺灣的國語（華語）則和新馬的華語讀音有些不同。對比了馬來西亞、新加坡和臺灣的教材後發現新馬兩地教材和臺灣教材中，

同樣的詞匯但卻有不同讀音，以下參考了各國不同教材所作的讀音對比。

新加坡和馬來西亞華語讀音	臺灣國語讀音
傍晚ㄅㄤˋ ㄨㄢˇ（《歡樂夥伴》一年級上冊，頁43）	傍晚ㄅㄤ ㄨㄢˇ（南一《國語》五上，頁63）
垃圾桶ㄌㄚ ㄐㄧ ㄊㄨㄥˇ（《歡樂夥伴》一年級上冊，頁95，馬來西亞《華文》一年級，頁148）	垃圾桶ㄌㄜˋ ㄙㄜˋ ㄊㄨㄥˇ
舞蹈室ㄨˇ ㄉㄠˇ ㄕˋ（《歡樂夥伴》二年級上冊，頁43）	舞蹈室ㄨˇ ㄉㄠˋ ㄕˋ
建築工人ㄐㄧㄢˋ ㄓㄨˋ ㄍㄨㄥ ㄖㄣˊ（《歡樂夥伴》二年級上冊，頁77）	建築工人ㄐㄧㄢˋ ㄓㄨˊ ㄍㄨㄥ ㄖㄣˊ
星期天ㄒㄧㄥ ㄑㄧ ㄊㄧㄢ（《歡樂夥伴》二年級下冊頁88）	星期天ㄒㄧㄥ ㄑㄧˊ ㄊㄧㄢ（康軒《國語》一上，頁52）
愛惜ㄞˋ ㄒㄧ（《歡樂夥伴》三年級下冊，頁12，馬來西亞《華文》二年級，頁95）	愛惜ㄞˋ ㄒㄧˊ
蝸牛ㄨㄛ ㄋㄧㄡˊ（《歡樂夥伴》三年級下冊，頁48，馬來西亞《華文》二年級，頁85）	臺灣稱作蝸牛ㄍㄨㄚ ㄋㄧㄡˊ（南一《國語》二下，頁132）
播放ㄅㄛ ㄈㄤˋ（《歡樂夥伴》四年級上冊，頁5）	播放ㄅㄛˋ ㄈㄤˋ
企鵝ㄑㄧˇ ㄜˊ（《歡樂夥伴》四年級上冊，頁19）	企鵝ㄑㄧˋ ㄜˊ（翰林《國語》三下，頁42）
踮ㄉㄧㄢˇ（《歡樂夥伴》四年級上冊頁43）	踮ㄉㄧㄢˋ
除夕ㄔㄨˊ ㄒㄧ（《歡樂夥伴》六年級上冊，頁37，馬來西亞《華文》二年級，頁49）	除夕ㄔㄨˊ ㄒㄧˋ
鰾ㄙㄡ（馬來西亞《華文》二年級，頁125）	鰾ㄙㄠ
微笑ㄨㄟ ㄒㄧㄠˋ	微笑ㄨㄟˊ ㄒㄧㄠˋ（南一《國語》三上，頁123）
夕陽ㄒㄧ ㄧㄤˊ	夕陽ㄒㄧˋ ㄧㄤˊ（南一《國語》四下，頁43）
擁抱ㄩㄥ ㄅㄠˋ	擁抱ㄩㄥˇ ㄅㄠˋ（康軒《國語》一上，頁76）

3.2 新馬華語和臺灣國語日用語的不同

新馬和臺灣在食物、日常用品和動物的用語也有所不同。如臺灣稱豆漿，新馬稱豆奶（《歡樂夥伴》二年級上冊，頁67）。臺灣稱綠花椰菜或椰菜花，新馬稱西蘭花（《歡樂夥伴》二年級下冊，頁47）。臺灣稱高麗菜（南一《國語》四下，頁35），新馬稱包菜（《歡樂夥伴》二年級下冊，頁47）。臺灣稱甜椒或彩椒，新馬稱燈籠椒（《歡樂夥伴》二年級下冊，頁47），因為形狀像燈籠。

日用品方面，新馬稱塑料袋（《歡樂夥伴》三年級下冊，頁14），臺灣稱作塑膠袋（南一《國語》二上，頁47）。新馬稱螺絲刀（《歡樂夥伴》五年級上冊，頁41），臺灣稱作螺絲起子。

動物方面，新馬和中國一樣稱熊貓（《歡樂夥伴》三年級下冊，頁54）（馬來西亞《華文》一年級，頁142），而臺灣卻稱貓熊。

3.3 新馬和臺灣節慶的不同

臺灣、馬來西亞和新加坡過農曆新年的習俗差不多，馬來西亞二年級華文的〈吃年糕〉（馬來西亞二年級《華文》，頁22）描寫作者回鄉向爺爺奶奶拜年，一家人一起吃年糕。臺灣林茂興〈不一樣的年俗〉（翰林《國語》三上，頁132）描寫迎接新年會先大掃除，貼上春聯，除夕夜圍爐長輩發壓歲錢給小孩，晚輩為長輩守歲放鞭炮等。兒歌〈新年到〉（《歡樂夥伴》二年級上冊，頁14）描述新年到，人們送賀卡、吃年糕、穿新衣、那紅包、買年貨和舞龍舞獅放鞭炮。不同之處在於新馬人會撈生，

〈撈魚生〉（《歡樂夥伴》六年級上冊，頁42）描寫新馬華人特有的慶祝新年習俗，把炸脆片、紅蘿蔔絲、青蘿蔔絲、酸柑、芝麻、五香粉、胡椒粉、油等食材放在大盤子裡，全家一起圍在圓桌，把放在桌上的食物高高撈起，一邊撈一邊說吉祥話如大吉大利、順順利利、五福臨門和黃金滿地等。

臺灣人和新馬華人慶祝中秋節都會吃月餅，但不同的是新馬人會提燈籠和玩煙花棒（《歡樂夥伴》一年級下冊，頁63），而臺灣人卻是烤肉。

由於馬來西亞沒有四季，因此華人以二十四節令鼓根據二十四節氣命名，呈現了不一樣的中華文化。〈鼓聲的召喚〉（馬來西亞四年級《華文》，頁145-149）描寫了二十四節令鼓是馬來西亞的文化遺產，節令鼓已被推廣至國際舞臺，作者決定加入鼓隊，繼承前輩所傳承的文化。在臺灣，洪雅齡的〈驚蟄驅蟻記〉（康軒《國語》六下，頁56）則記載了臺灣人如何渡過二十四節氣之一的驚蟄。沒有四季變化的馬來西亞華人把中華文化中的二十四節氣以二十四節令鼓的表演方式發揚光大，華人除了在二十四節令鼓是在各個鼓上寫上了各個節氣，打鼓的動作也和插秧、割稻、淘米等農作有關。

〈笑談端午〉（馬來西亞《華文》五年級，頁62-66）馬來西亞華人在端午節會吃粽子和划龍舟，但是不會喝雄黃酒以及佩戴香囊兒。

四、臺灣文化的形成

臺灣文化受到日本文化和中華文化的影響。臺灣被日本殖民

時，被迫接受日本文化，日本在二戰戰敗後，宣布無條件投降，國民政府接收臺灣，臺灣人必須學習國語，認識中華文化。林育辰博論曾提及，戰後初期臺灣捲起一波國語學習熱潮，國民政府於這股熱潮下開始了國語的推行。國語推行的辦法中最具爭議的是，接收臺灣一年後即禁用日語。這讓以日語做為社會語的臺灣人一時之間難以適應，加上來臺接收官員素行不良、貪污腐敗，使得臺灣人學習國語的熱情不復存在。之後二二八事件爆發，整個事件在遭國民政府武力鎮壓後，國語推行政策更是加強，並且嚴禁日語。（林育辰（2021）。《中華民國與日本在臺灣的國語運動之比較研究》，頁140。）

臺灣文化雖受到日本文化影響，尤其是日治時期，臺灣人必須放棄自身文化和母語轉而接受日本教育，在皇民化的推動下，有些臺灣人甚至只會說日語，但在國民政府接收臺灣後，在禁用日語的情況下，臺灣人不得不放棄日語，轉而學習國語，值得關注的是，國語並沒有被日語影響，反而是臺灣的臺語被日語影響。

4.1 臺灣國語音譯臺語

何元亨〈辦桌〉（康軒《國語》三上，頁26-29），使用了以臺語音譯的國字，如臺語辦桌的意思是請外燴者到家裡掌廚，準備酒菜宴客。臺語菜尾的國語是剩菜，以及臺語手路菜的國語是拿手好菜。

蕭蕭〈憨孫耶，好去睏啊！〉（翰林《國語》五下，頁74）文中的睏是睡覺的意思，是由臺語音譯而來。

音譯臺語後形成的國字就是中華文化融合了臺灣文化的產

物。除了臺語，客家人的文化如張雅涵〈客家擂茶〉（翰林《國語》三上，頁108）介紹臺灣客家人特有的美食擂茶也是臺灣文化的一部分。

4.2 不受日語影響的國語

臺灣曾被日本殖民半世紀，文化上多少會受到日本文化影響。實際上，日本文化對臺灣文化的影響反映在臺語而非國語，臺灣國語課本宮澤賢治寫的〈我願〉，由游佩芸譯，文中寫到味噌（康軒《國語》六上，頁99），在國字的書寫上，臺灣國語較少音譯日語，但臺語卻保留了許多日本文化如臺語mí-sòoh（咪搜）受到日語みそ影響。

此外，還有蘋果的臺語lìn-gōo（吝苟），日語りんご（ringo）、便當的臺語piān-tong（扁東），日語べんとう（bentō）、山葵的臺語ua-sá-bih（哇沙比），日語わさび（wasabi）、生魚片的臺語sā-si-mih（沙西米），日語さしみ（sashimi）、啤酒的臺語bì-lù（必魯），日語ビール（biru）、火腿的臺語há-muh（哈姆），日語ハム（hamu）、蕃茄的臺語thoo-má-tooh（偷媽豆），日語トマト（tomato）、麵包的臺語pháng（胖），日語パン（pan）、包包的臺語kha-báng（咖棒），日語かばん（kaban）、巴士的臺語bá-suh（八宿），日語バス（basu）、打火機的臺語lài-tah（賴打），日語ライター（raitā）、相機的臺語kha-mé-lah（咖美拉），日語カメラ（kamera）、拖鞋的臺語su-lit-pah（蘇哩帕），日語スリッパ（surippa）、卡車的臺語thoo-lá-khuh（托拉庫），日語トラック（torakku）、摩托車的臺語oo-tóo-bái（歐都拜），日語オートバイ（ōtobai）等等。（參考自issue（2018）。檢自：https://www.letsgojp.com/archives/337676/，參考日期2021年10月30日）臺灣國語較少受到日語影響，相反的臺灣臺語卻深受日

語影響。

　　除了語言上的交流，木下諄一〈根本沒想到〉（南一《國語》五下，頁84）描寫了剛到臺灣的日本人不曉得的臺灣文化。臺灣人約定俗成的臺灣固有文化如搭手扶電梯時靠右站，左側讓趕時間的人走動，此外，不會吃瓜子的日本人將瓜子殼吃下肚，不能吃但有調味功用的八角會出現在食物中，日本人搭乘臺灣計程車以為車門會自動開關，沒想到需要自己動手開車門，因為日本計程車的車門開關是由司機控制的。

4.3 臺灣原住民本土文化和中華文化的融合

　　排灣族亞榮隆・撒可努的〈山豬學校，飛鼠大學〉（康軒《國語》五下，頁102）描寫了作者和父親打獵的生活。〈卑南族南孩的年祭〉（康軒《國語》二上，頁156）描寫卑南族不一樣的迎接新年活動。陳靜婷〈秋千上的婚禮〉（翰林《國語》三上，頁114）記敘作者第一次參與新奇的魯凱族婚禮。亞榮隆・撒可努的〈煙會說話〉（翰林《國語》五上，頁116）敘述族人被迫遷移導致部落文化流失，只好接受外來文化，遺忘了祖先留下的故事和制度。作者的外公和外婆，多次的遷移並沒有改變自己對傳統文化的認同，並讓祖靈以煙的方式和族人相聚。〈馬太鞍的巴拉告〉（康軒《國語》三上，頁52）描寫花蓮馬太鞍的阿美族人特別的捕魚方式叫巴拉告。以上例子都是原住民文化和中華文化融合形成的臺灣文化。

五、新馬中華文化與其他本土文化融合

新馬人把市場稱作巴剎（《歡樂夥伴》一年級下冊，頁61），是受到馬來文化的影響，因為巴剎是馬來語pasar的音譯。

臺灣稱為鄉村，新馬卻以馬來語kampung音譯為甘榜（《歡樂夥伴》二年級下冊，頁76）。此外，亞答屋（《歡樂夥伴》二年級下冊，頁76）也源自馬來語rumah attap。

新馬美食沙爹（《歡樂夥伴》三年級上冊，頁51）是馬來語satay的音譯，臺灣稱為烤肉串。新馬一種椰子果醬，馬來語稱kaya，新馬都稱咖椰（《歡樂夥伴》二年級上冊，頁67）。

除了馬來文化的影響，新馬的中華文化還受到英語影響。由於受到英語bus stop的影響，新馬人把公車站稱為巴士站（《歡樂夥伴》一年級下冊，頁83），臺灣稱公車站。總的來說，新馬把長途巴士或短程行駛且一站一站停的巴士都統稱為巴士，而臺灣則把長途巴士稱為客運，把短程行駛的稱為公車。

此外，受到英語和粵語的影響，新馬把計程車稱為德士（《歡樂夥伴》二年級上冊，頁55），德士原為外來語英語Taxi的音譯，粵語也音譯為德士，大陸多稱為出租車，臺灣則稱計程車。

新馬華語受到中國方言的影響，用詞與臺灣有些不同。臺灣稱鳳梨（康軒《國語》六上，頁102），新馬稱為黃梨（《歡樂夥伴》一年級下冊，頁53），因為受方言如福建話和潮州話影響。臺灣稱作橘子（翰林《國語》六下，頁19），新馬受到方言如福建話和潮州話的影響，把橘子稱為柑（《歡樂夥伴》二年級

上冊，頁13）。

　　新馬華語還受到粵語的影響，新馬把洗澡說成沖涼（《歡樂夥伴》一年級下冊，頁13），浴室稱作沖涼房（《歡樂夥伴》一年級下冊，頁13），洗髮精稱為洗髮水（《歡樂夥伴》一年級下冊，頁13）。臺灣則說洗澡（南一《國語》二上，頁35），不說沖涼。

六、跨文化交流

　　〈水上木偶戲〉（康軒《國語》二上，頁50）描寫作者陪伴媽媽回家鄉越南，認識了媽媽家鄉神奇的水上木偶戲，反映了臺灣和越南文化的交流。

　　〈最早的電影——皮影戲〉記敘了中國皮影戲的起源，以及馬來西亞傳承了中國的皮影戲。皮影戲從中國傳至東南亞的馬來西亞、泰國和印尼等，讓各國產生跨文化交流。

　　〈戲迷〉（康軒《國語》五下，頁40）描述了臺灣本土歌仔戲和中國京劇的戲曲文化共存模式，爺爺喜歡中國京劇，奶奶喜歡臺灣歌仔戲，戲迷們各有所好，是中國京劇和臺灣歌仔戲交流後產生的結果。

　　〈掌中天地〉（康軒《國語》四下，頁44）記敘臺灣布袋戲的發展。〈伯公的戲偶〉（南一《國語》三上，頁34）描寫伯公製作布袋戲戲偶的投入。

　　林麗麗〈新年快樂〉（康軒《國語》二上，頁124）描寫在澳洲雪梨看煙火跨年和回臺灣過春節的不同。

　　此外，新馬人一般說誰ㄕㄨㄟˊ，如今新加坡人和臺灣人或

中國人一樣說ㄕㄟˊ（《歡樂夥伴》一年級上冊第五課，頁96，南一《國語》一下，頁39），中國人除了說ㄕㄨㄟˊ也有人說ㄕㄟˊ，這或許是跨文化交流的結果。

在〈不一樣的故事〉（翰林《國語》二上，頁68-70）中描述戶外教育日當天三位臺灣人分別帶了不一樣的美食。有人吃竹筒飯，有人吃艾粄，還有人吃越南春捲，不同的美食分享是很好的跨文化交流。文中提及的竹筒飯在馬來西亞華文教材也描述馬來人慶祝開齋節、伊班族和卡達山族在慶祝豐收節和舉辦婚宴時也會吃竹筒飯，竹筒飯的馬來語是LEMANG。（馬來西亞三年級《華文》，頁64）。文中描寫客家人在清明節吃艾粄，新馬兩地的客家人也會吃艾粄。此外，除了吃竹筒飯和艾粄外，文中還說吃越南春捲。越南春捲是臺灣文化與越南文化的交流，〈美味的一堂課〉（翰林《國語》二上，頁74）描寫了作者在班上的美食分享日邀請母親到學校向大家介紹越南春捲。

〈米食飄香〉（康軒《國語》四下，頁33-35）描寫了華人年節期間會食用的蘿蔔糕和發糕，端午節會吃的粽子，以及祭典或喜事時常見的紅龜粿。新馬華人的美食也如同〈米食飄香〉敘述的。

此外，琦君〈桂花雨〉（康軒《國語》六上，頁119）中描寫了臺灣的文化食物桂花滷和桂花糕餅，在中國也有用桂花製作的糕餅。

〈走進蒙古包〉（康軒《國語》四上，頁80）描寫了爺爺對兒時故鄉蒙古的記憶和作者一家人到蒙古旅行的心情，也描寫了臺灣和蒙古的跨文化交流。

馬來西亞、新加坡和臺灣小學華文教材無獨有偶的使用了相

似的文章。除了傳承共同的中華文化外，在編撰教材時會參考其他國家教材，如此特別的跨文化交流使各國教材更豐富。

新加坡和馬來西亞小學華文教材使用了類似的文章，如〈掩耳盜鈴〉（《歡樂夥伴》六年級上冊，頁62、馬來西亞三年級《華文》，頁85）、〈刻舟求劍〉（《歡樂夥伴》六年級上冊，頁64、馬來西亞三年級《華文》，頁90），以及〈木蘭從軍〉（《歡樂夥伴》五年級上冊，頁100）和《木蘭從軍》話劇（馬來西亞六年級《華文》，頁155）。

曹沖稱象（《歡樂夥伴》三年級上冊，頁107），陳麗雲〈大象有多重？〉（康軒《國語》二上，頁94）、〈曹沖秤大象〉（翰林《國語》三下，頁110）都是描述曹沖秤出大象重量的故事。

新加坡、馬來西亞和臺灣華文小學教材編撰了相同的古典小說《三國演義》，其中有〈聰明的楊修〉（《歡樂夥伴》五年級下冊，頁46）描寫《三國演義》中楊修的聰明才智。羅貫中著，黃秀精改寫的〈空城計〉（康軒《國語》六上，頁108），〈空城計〉也出現在新加坡小學華文教材裡（《歡樂夥伴》六年級上冊，頁85）、改寫自羅貫中《三國演義》〈火燒連環船〉（南一《國語》六下，頁62）、改寫自羅貫中《三國演義》〈煮酒論英雄〉（翰林《國語》六上，頁126），、〈草船借箭〉（《歡樂夥伴》六年級上冊，頁76），以及〈桃園結義〉（馬來西亞四年級《華文》，頁22）。

各國使用《西遊記》作為教材的課文內容共有以下五篇：

描寫《西遊記》中孫悟空的故事
〈金箍棒〉（《歡樂夥伴》四年級下冊，頁53）
〈孫悟空打妖怪〉（《歡樂夥伴》四年級下冊，頁60）
《西遊記》劇本（馬來西亞六年級《華文》，頁60-62）
黃惠鈴改寫自吳承恩《西遊記》的〈孫悟空三借芭蕉扇〉（南一《國語》四上，頁106）
詹瑞璟改寫自吳承恩《西遊記》的〈孫悟空三借芭蕉扇〉（翰林《國語》四下，頁94）

各國學生背誦一樣的唐詩，如孟郊〈游子吟〉（馬來西亞小學《華文》一年級，頁17）（《歡樂夥伴》五年級上冊，頁36），臺灣國語課文〈一針一線縫進母愛〉（南一《國語》五下，頁52）也介紹了孟郊〈游子吟〉。

各國除了選讀相同的中國古代故事、小說和詩歌以外，與外國相關的文章有臺灣作家陳麗雲撰寫的〈蚊帳大使〉（康軒《國語》五上，頁18），記敘凱瑟琳努力募集蚊帳幫助飽受瘧疾殘害的非洲人。此外馬來西亞華文教材也收編了〈蚊帳大使〉一文（馬來西亞四年級《華文》，頁28）。

臺灣和馬來西亞小學華文教材都收編了〈建築界的長頸鹿〉（康軒《國語》四上，頁86-90、馬來西亞三年級《華文》，頁117-119），文中介紹了臺北一〇一大樓和馬來西亞雙峰塔。

新加坡和馬來西亞小學華文教材都收編了新加坡作家尤今的〈地圖〉（馬來西亞六年級《華文》，頁161）（《歡樂夥伴》五年級下冊，頁91）

臺灣作家王溢嘉撰寫的〈永遠不會太晚〉（翰林《國語》五下，頁98）也收編在馬來西亞小學華文教材裡（馬來西亞六年級《華文》，頁14）。

馬來西亞華文教材改寫中國作家李想的〈借生日〉（馬來西亞二年級《華文》，頁14）和新加坡小學華文教材〈借生日〉（《歡樂夥伴》二年級下冊，頁21）內容相近。

　　新加坡小學華文教材〈一件外套〉（《歡樂夥伴》四年級上冊，頁18）和臺灣小學國語教材〈一件外套〉（翰林《國語》三下，頁40）內容相近。

　　臺灣作家蘇善寫的〈羅伯特換腦袋〉（翰林《國語》五下，頁38），在新加坡小學華文教材（《歡樂夥伴》六年級下冊，頁36）也有收編。

七、結語

　　對比了馬來西亞、新加坡和臺灣小學華文教材發現各國之間的教材課文內容有些異同，為了傳承古老的中華文化，各國應用了許多中國古代詩歌、古典小說、古文等，在文化的交流下有些國家使用相同的中國古典文學，也有些國家採用其它兩國作者所撰寫的文章。

　　中華文化和中國方言、馬來語、英語、日語、臺灣原住民語言相互融合所產出的新詞言如艾粄、紅龜粿、咖椰、巴拉告、睏、德士、哇沙比和巴剎等等。

　　各國中華文化的差異則反映在一些詞彙的讀音不同。此外，在中國方言、本土文化、外來文化的影響下，中華文化變異成馬來西亞華人文化、新加坡華人文化和臺灣文化。中華文化融合了其它文化所形成的變異使各國文化更豐富精彩。

八、參考文獻

1. 馬來西亞教育部（2016）。一年級《華文》，馬文化，馬來西亞。

2. 馬來西亞教育部（2017）。二年級《華文》，馬文化，馬來西亞。

3. 馬來西亞教育部（2018）。三年級《華文》，馬文化，馬來西亞。

4. 馬來西亞教育部（2019）。四年級《華文》，貝兒出版，馬來西亞。

5. 馬來西亞教育部（2020）。五年級《華文》，貝兒出版，馬來西亞。

6. 馬來西亞教育部（2015）。六年級《華文》，馬文化，馬來西亞。

7. 新加坡教育部課程規劃與發展司（2015）。《歡樂夥伴》一年級上冊，名創教育，新加坡。

8. 新加坡教育部課程規劃與發展司（2015）。《歡樂夥伴》一年級下冊，名創教育，新加坡。

9. 新加坡教育部課程規劃與發展司（2016）。《歡樂夥伴》二年級上冊，名創教育，新加坡。

10. 新加坡教育部課程規劃與發展司（2016）。《歡樂夥伴》二年級下冊，名創教育，新加坡。

11. 新加坡教育部課程規劃與發展司（2017）。《歡樂夥伴》三年級上冊，名創教育，新加坡。

12. 新加坡教育部課程規劃與發展司（2017）。《歡樂夥伴》三年級下冊，名創教育，新加坡。

13. 新加坡教育部課程規劃與發展司（2018）。《歡樂夥伴》四年級上冊，名創教育，新加坡。

14. 新加坡教育部課程規劃與發展司（2018）。《歡樂夥伴》四年級下冊，名創教育，新加坡。

15. 新加坡教育部課程規劃與發展司（2019）。《歡樂夥伴》五年級上冊，名創教育，新加坡。

16. 新加坡教育部課程規劃與發展司（2019）。《歡樂夥伴》五年級下冊，名創教育，新加坡。

17. 新加坡教育部課程規劃與發展司（2020）。《歡樂夥伴》六年級上冊，名創教育，新加坡。

18. 新加坡教育部課程規劃與發展司（2020）。《歡樂夥伴》六年級下冊，名創教育，新加坡。

19. 臺灣教育部審定（2020）。《國語》三上，翰林出版，臺南。
20. 臺灣教育部審定（2021）。《國語》三下，翰林出版，臺南。
21. 臺灣教育部審定（2020）。《國語》四上，翰林出版，臺南。
22. 臺灣教育部審定（2021）。《國語》四下，翰林出版，臺南。
23. 臺灣教育部審定（2020）。《國語》五上，翰林出版，臺南。
24. 臺灣教育部審定（2021）。《國語》五下，翰林出版，臺南。
25. 臺灣教育部審定（2020）。《國語》六上，翰林出版，臺南。
26. 臺灣教育部審定（2021）。《國語》六下，翰林出版，臺南。
27. 臺灣教育部審定（2021）。《國語》二下，南一出版，臺南。
28. 臺灣教育部審定（2020）。《國語》三上，南一出版，臺南。
29. 臺灣教育部審定（2021）。《國語》三下，南一出版，臺南。

30. 臺灣教育部審定（2020）。《國語》四上，南一出版，臺南。

31. 臺灣教育部審定（2021）。《國語》四下，南一出版，臺南。

32. 臺灣教育部審定（2020）。《國語》五上，南一出版，臺南。

33. 臺灣教育部審定（2021）。《國語》五下，南一出版，臺南。

34. 臺灣教育部審定（2020）。《國語》六上，南一出版，臺南。

35. 臺灣教育部審定（2021）。《國語》六下，南一出版，臺南。

36. 臺灣教育部審定（2019）。《國語》一上，康軒出版，新北市。

37. 臺灣教育部審定（2020）。《國語》一下，康軒出版，新北市。

38. 臺灣教育部審定（2020）。《國語》二上，康軒出版，新北市。

39. 臺灣教育部審定（2021）。《國語》二下，康軒出版，新北市。

40. 臺灣教育部審定（2019）。《國語》三上，康軒出版，新北市。

41. 臺灣教育部審定（2020）。《國語》三下，康軒出版，新北市。

42. 臺灣教育部審定（2018）。《國語》四上，康軒出版，新北市。

43. 臺灣教育部審定（2019）。《國語》四下，康軒出版，新北市。

44. 臺灣教育部審定（2019）。《國語》五上，康軒出版，新北市。

45. 臺灣教育部審定（2020）。《國語》五下，康軒出版，新

北市。

46. 臺灣教育部審定（2018）。《國語》六上，康軒出版，新北市。

47. 臺灣教育部審定（2019）。《國語》六下，康軒出版，新北市。

48. 劉珣（2000）。《對外漢語教育學引論》，北京語言大學出版，北京。

49. 韓玉華（2016）。<普通話語音研究百年>，語言戰略研究，2016年第四期。

50. 林育辰（2021）。《中華民國與日本在臺灣的國語運動之比較研究》。

51. Robert Lado.（1964）. Language Teaching A Scientific Approach, McGraw Hill, United States of America .

52. Robert Lado.（1957）. Linguistics Across Cultures, The University of Michigan, United States of America .

53. issue（2018）。跟日本人說「甜不辣」、「沙西米」也能通？台語、日語發音相似單字大集合。檢自：https://www.letsgojp.com/archives/337676/，參考日期2021年10月30日。

以臺灣文化原創故事為本的華語文繪本教材與電子書編製

林珈暄、蘇虹瑜、周芳育、楊斯涵
傅濟功指導教授、舒兆民副指導教授
國立臺東大學華語文學系
chiahsuanlin0216@gmail.com

摘要

　　現今市面上的華語教材大多是以教科書的形式呈現，本計畫產出之《寶島文化村》欲提供華語學習者更多元的選擇，採取繪本形式呈現，電子書版本加入了配音對話，使繪本變得更加生動，不僅能夠滿足學習者的視聽感官，也能夠加強學習者的聽力。在內容題材的選擇上，《寶島文化村》以臺灣的傳統文化為主題，將文化設計成淺顯易懂的原創故事情節，改編改製為繪本及電子書，帶領學習者進到臺灣文化的世界。同時，在繪本中帶有延伸文化的補充介紹，讓學習者能夠從不同的面相認識華人世界與文化。

　　《寶島文化村》是一部為華語程度中級（B1）以上的學習者所編寫的有聲繪本，提供學習者書面教材，本計畫完成項目有

三：一、是實體繪本，含原創故事內容、對話以及繪圖；二、是有聲繪本電子書，包含原創故事內容、對話、繪圖以及音檔，讓學習者能夠從對話中訓練聽力；三、是社群網路平臺，透過現今發達的社群網路推廣《寶島文化村》之學習。

本計畫之預期結果為：

一、透過故事性的繪本增加學習者的學習動機，提供多元學習教材。
二、學習者能夠藉由《寶島文化村》提升華語閱讀能力以及聽力。
三、學習者能夠透過《寶島文化村》認識臺灣的傳統文化。
四、透過社群平臺的推廣，讓《寶島文化村》不侷限於實體紙本教材。

本計畫預計對於外籍學習者繪本的實體接觸量達100人，社群軟體觸及人數達500人，社群軟體的互動次數100人。而經營社群軟體讓繪本的曝光度提高，並使《寶島文化村》的社群軟體觸及人數達500人。

學習者在學習華語時，也能夠認識臺灣的傳統文化。本文亦將就學習者學習之觀察與使用問卷資料彙整後，再進行修訂，並發表於本文中，供為教學與研發之建議。

關鍵詞：華語繪本、華語原創故事、華語電子書教材、華語圖文編寫

一、前言

1.1 背景與動機

有別於傳統現今市面上教材的呈現方式，《寶島文化村》是一本以繪本方式呈現的華語文化教材，以不同的教材呈現方式讓學習不再只是紙面上的文字書寫而已，搭配生動有趣的繪圖，並在繪本中注入臺灣傳統文化，將文化設計成淺顯易懂的原創故事，讓文化藉由另一種方式傳承，讓學習者在學習華語時，也能同時感受到文化中的奧妙與記憶中的傳統小吃。

二、文章內容

2.1 研究主題

《寶島文化村》是一部以臺灣文化為內容題材的華語繪本集，目的在於提供華語學習者，有別於傳統教科書的教材選擇，為了審視此繪本的可行性，本研究將分為兩大面向來探討，一是華語繪本的教學現況，筆者將透過華語繪本教學、學習成效以及教材設計來做分析，；二是文化教學的現況，將以繪本中的兩大主題，飲食文化以及風俗民情來做討論，以下分別論述：

2.1.1 華語繪本教學現況

（一）華語繪本教學

繪本是一種以圖畫為主，文字為輔的圖畫書，甚至可以是完全沒有文字，只以圖畫為主體，依靠讀者的視覺感官來理解內

容，蘇振明（2002）提出繪本的兩種定義：

1. 狹義的繪本：專門給兒童看的繪本，每一頁都以大篇幅的圖畫搭配上簡單的文字，滿足兒童的觀賞興趣。
2. 廣義的繪本：以圖畫為主的書，可以是用來說明或介紹某樣事物的書籍。

綜合上述兩點，可得繪本的組成有兩大要素，一是圖畫，二是文字，其中圖畫被賦予的意義更為深遠，是決定繪本走向的主體，而文字則作為非必要的附加，但現今市面上多數的繪本仍是以圖文並重的形式存在，陳怡靜（2016）認為繪本兼具了文學與藝術價值，而作為教學用途的華語繪本，其中的圖畫及文字兩者更是不可或缺。

早期的華語繪本主要以外籍配偶的親職教育為主，目的在於以繪本圖多、文字少的形式，使親子共讀變得更加容易，潘雅玲（2009）認為運用繪本多面向的特性設計教材，對於外籍配偶的識字教學有一定的幫助。除此之外，華語繪本的教學也實施在其他對象身上，陳怡靜（2016）就期刊論文中的華語繪本教學研究，提出表格分析，以下分別論述：

1. 以華裔學習者為對象：故事教學法能夠有效提升學習者學習動機，即使學習者對某些詞彙不明白，透過圖畫的呈現，也能夠理解文意，掌握抽象概念。
2. 以成人學習者為對象：圖文結合的繪本能夠提升學習者的想像力，搭配不同的教學素材能夠激盪出更有趣的教學，此外，學習者對於繪本中的文化內容表現出高度興趣，利用此一特點，教師可再進行文化延伸。
3. 以兒童學習者為對象：兒童繪本教學主要偏向實際操作，

課程內容多半會搭配戲劇、手做、各式道具等等，讓繪本教學更加生動化，提高兒童學習動機，兒童繪本教學著重於多元活動的設計，因此教師的帶領需要活潑有張力。

綜合以上，可得華語繪本教學不僅能夠運用在不同的學習者身上，同時又能夠提升學習者的學習動機以及增加課堂的多元性，是作為華語教學教材很不錯的一項選擇。

（二）學習成效

研究顯示繪本教學確實能夠提升學生口語表達能力以及文字理解能力（盧秀琴、石佩真、蔡春微，2006），另有研究指出閱讀繪本有助於兒童的語言發展，大量接觸繪本的兒童擁有良好的語文能力（Huck, Helper 及 Hickman，1987），可見繪本對國小學童的語言學習能力具有巨大的影響力與重要性。

1. 培養識字能力

閱讀的內涵包含了識字與理解兩大要素，許富晶（2018）的研究得出繪本融入識字法教學後，學生的閱讀流暢度明顯提升，此外，潘雅玲（2009）的研究中也提出了以繪本做識字教學的成效，因此，透過上述可得繪本教學對於識字能力是具有正增強的。

2. 增加閱讀理解能力

繪本以大量圖畫作為主體，學習者即使不甚理解文字內容，也能透過圖畫來做聯想，進而理解文意內容，除此之外，教師也可透過不同的課堂活動，來增加學習者閱讀理解力，像是以心智圖的形式做繪本的分析解構，建立學習者一套掌握文本脈絡的規則。

3. 提升寫作技巧

　　繪本的特色為圖多文字少，其中文字內容的設計時常具有共通性，會有同樣一個句型貫穿整本繪本的情形，當教師挑選這類繪本時，可運用於寫作技巧的操練上，讓學生不斷地重複熟練句型，提升寫作能力。

（三）教材設計

　　陳怡靜（2016）認為繪本是語言課的輔助，文化是繪本課的延伸，繪本華語教學的課堂設計應該具備以下幾點：

1. 以學習者為主體，教師扮演引導的角色。

　　繪本有別於一般傳統教科書，在內容題材上都更具想像力，教師可利用此特點引導學習者做聯想，使學習者在閱讀繪本時，能夠充分發揮思考的能力。

2. 善用繪本圖文引導學習者發現華人文化特色。

　　圖畫是最直接的視覺刺激，在學習者尚未理解文意內容時，透過圖畫的呈現能夠讓學習者留下最深刻的印象。

3. 內容兼具行為文化、知識文化、精神文化等面向。

　　繪本的主題是具多樣性的，因此教師在選擇適合的文本進行教學時，應考量課程的教學目標，將文化的面向發展至最大。

4. 發揮目的語國家優勢，安排參訪、體驗、實作。

　　繪本教學應著重於實際操練，活化課堂氣氛，培養學生的多元認知，搭配多樣素材執行教學，像是利用劇情內容做理解與預測、舊有經驗及文化對比、心得感想等等方式。

2.1.2 文化教學現況

Schumann（1978）所提出的「文化適應模式」認為社會因素及心理因素是影響學習者學習的主要變數，當學習者無法適應目的語的文化，會產生嚴重的文化休克，導致學習成效大幅下降，此現象充分的顯示了學習第二語言時，認識文化的重要性。

（一）華語教學中的飲食文化

臺灣身處西太平洋樞紐，在歷史的長河下，許多民族曾聚集於此，因而發展出了包羅萬象的飲食文化，從街邊小吃至各大菜系皆有講究，對於想要認識臺灣文化的學習者來說，飲食文化是最普遍能夠感受到的，筆者將以《寶島文化村》飲食文化中的兩篇故事主題，分別是臺南小吃以及辦桌文化來進行討論：

1. 具有深遠的歷史背景與寓意。

臺南是漢人最早開拓的城市之一，在文化的多元激盪下發展出了獨特的小吃文化，每個時期所出現的飲食特色皆不同，而辦桌文化更可以追溯到清治時期，充分展現了臺灣人好客以及喜歡熱鬧的性格，透過歷史的背景帶領，能夠使學習者更深入的認識文化發展與脈絡。

2. 有特色的地緣關係。

臺灣雖然面積不大，北中南部還是存在著飲食文化上的差異，當地食材、環境以及歷史背景等等因素，導致了不同的地方會發展出不同的小吃文化，也正因為有差異，才有了每個地方的特色，建立學習者飲食連結在地的觀念，更能夠加深其文化的認知。

3. 族群差異之下所發展出的不同菜系。

　　臺灣的飲食文化主要由福佬菜、客家菜、潮州菜三大菜系演變而成，近年來又融合了西式、日式、韓式以及東南亞料理等等，透過菜系的分析，能夠找出與學習者自身經驗或是國籍有相關的部分做討論，幫助學習者連結新舊文化。

（二）華語教學中的風俗民情

　　以下就《寶島文化村》風俗民情中的兩篇故事主題，媽祖信仰以及元宵節慶分別進行討論：

1. 華語教學中的民間信仰。

　　在華人社會與文化中，民間信仰是不可或缺的一部分，信仰是人們寄託情感重要的媒介，同時也與日常生活周遭的食衣住行習習相關，外籍學習者若是不了解目的語當地的民間信仰，學習過程中將會出現許多難以理解的文化差異。

2. 華語教學中的節慶文化。

　　節慶文化是華人社會中非常重視的一環，逢年過節都會有不同的習俗，這背後的歷史淵遠以及文化意涵，能夠幫助學習者更快速地融入目的語社會，增加文化認同感。

三、文獻探討

　　本章旨在分析以及統整相關文獻的重要觀點和價值，共分成兩節。第一節以繪本的教育價值以及教學現況；第二節以華人文化的教學現況和教育價值。

3.1 繪本（Picture Books）

　　繪本一詞最早起源於日本，其意思與「圖畫書」同，是一種以圖畫為主，文字為輔的書籍（蘇振明，1998），甚至可以完全不用文字，只需要可以連貫整本內容的圖畫。

　　繪本起初的閱讀對象是設定為兒童，不過現今繪本的內容包羅萬象，不再是小朋友的專屬讀物，成人也適合閱讀。

　　以下探討繪本的教學設計以及繪本的教育價值。

（一）華語繪本教學現況

　　華語繪本教學早期是以外籍配偶為研究對象，而後才運用在兒童身上，後續也有學者依繪本而設計課程內容。現今因科技的蓬勃發展，許多的電子繪本也一一出現在華語課堂之中。

（二）華語繪本教育價值

　　繪本具教育性、兒童性、藝術性、傳達性及趣味性（楊振豐，2005），內容包羅萬象，具有認知、語文學習、社會化、情緒抒發及娛樂功能（鄭瑞菁，2005）。

　　陳怡靜（2016）也提出有研究結果一致肯定運用繪本進行華語教學的可行性與價值，簡述如下：

1. 趣味性足，有效提升學習興趣。
2. 圖片能協助教師教學並延伸設計提問，也能協助學生理解文本意涵。
3. 句式重複，能有效提升語言技能。
4. 繪本主題豐富，教師可針對內容設計延伸活動。

3.2 文化

　　文化一詞來自拉丁文cultura，原指人類經過耕作、培養、教育兒的事物（戴慶夏，2004：126）。Edward Tylor（1871）首先定義文化為「包括知識、信仰、藝術、法律、道德、風俗以及作為一個社會成員所獲得一切的能力與習慣」的複雜整體。

（一）華人文化教學現況

　　文化教學常與實作和體驗結合，也常與民俗節慶和食衣住行等文化課相互配合。雖然華人思想價值少用於課文，不過卻廣泛運用於各式的主題。

（二）華人文化教育價值

　　華人文化的教學，可以培養學習者的欣賞，從中激發認識華人文化的興趣。

四、研究方法

4.1 研究對象

（一）12歲以上（含）之外籍學生學習中文人士

（二）程度：B2以上

（三）學習需求：

　　1. 已有基本華語能力，能聽、說、讀、寫，且程度至少在
　　　 B2以上（含B2）。

　　2. 需要不同形式的教材來學習華語者。

　　3. 需要增強聽力之外籍學習者。

　　4. 想認識臺灣文化之外籍學習者。

4.2 研究步驟

（一）撰寫企畫書

《寶島文化村》所撰寫之計劃書包含計畫緣起、計畫目標、分析環境市場、實施對象、計畫項目與執行、內容呈現、預期成效、預期KPI、經費預估、支援需求以及參考文獻資料及書目為依據，說明《寶島文化村》之內容與實行方式。

問卷調查

依據市場需求做此問卷調查，並邀請來臺之外籍學生填寫，透過問卷調查分析現今市場對於繪本形式的教材之需求與實用性，評估繪本教材用於現今華語教學市場的可行性，以利於《寶島文化村》日後的故事撰寫、製作與呈現形式。

（二）繪本製作

1. 依據參考文獻、相關文化資料、實地訪查以及走訪記錄，撰寫相關主題之臺灣文化故事。

2. 本書共有四個臺灣文化主題，分別是：府城舊滋味（臺南傳統小吃）、古早味，最對味（臺灣辦桌文化）、臺灣人的母親—媽祖（臺灣民間信仰文化）、上元夜（臺灣元宵節傳統節慶與文化）。

3. 各主題依據所收集之資料文獻來撰寫故事、繪畫描圖，以及進行音檔錄製和教材編製等工作。

五、預期結果

5.1

  《寶島文化村》一書設立的三種網路平臺（Facebook、Instagram、Wix），將繪本結合不同的社群網站，針對不同平臺的使用群眾，達到宣傳效果，讓繪本的曝光度及觸及率達500人，繪本的實體接觸量達100人。

5.2

  《寶島文化村》是以臺灣文化為主題所製作的華語繪本，以書面及電子兩種方式呈現，讓教材不局限於單一種形式。

（一）實體繪本

  繪本中搭配活潑的繪畫與故事，人們對於視覺圖像的記憶效果會多於文字，透過圖文並茂的故事將臺灣傳統文化以淺顯易懂的方式，讓學習者在閱讀繪本時能夠同時達到學習華語和了解臺灣傳統文化。

（二）電子書繪本

  以搭配語音以及電子條碼教材的方式，讓教材不侷限於實體紙本教材，而是更普及於現代化社會，讓學習不受限，同時也能藉由眼耳並用來達到更快速的學習華語。

  四部原創故事介紹四種不同的臺灣傳統文化及傳統小吃，繪本主題鮮明，以分析環境市場來預期繪本成效。

	內部因素	外部因素
正面要素	優勢S	機會O
	1. 以臺灣華語文化為主題，讓學習者用另一種方式認識臺灣，也不只是單方面學習語言，而是深入的了解其語言文化中的內涵。 2. 《寶島文化村》結合有聲電子書方式出版，更普及現代化社會，讓學習不受限於紙本。 3. 學習者能夠以《寶島文化村》作為課外補充讀物，內容較貼近生活時事。	1. 現今市面上較少流通此繪本形式的華語學習教材，以不同的形式出版，吸引不同群眾，讓學習者在教材上有更多的選擇。 2. 透過社群網路平臺的推廣，讓更多學習者接觸到《寶島文化村》，並達到曝光度。
負面要素	劣勢W	威脅T
	1. 在繪本製作上，需要專業繪圖技巧以及精美的排版。 2. 繪本的精美設計需要專業技巧。 3. 繪本單本輸出成本較高。	1. 程度初級的學習者無法使用，無法滿足各個程度的學習者。 2. 社群網路平臺的資源飽和，使華語學習者對實體書的需求量下降。

六、結論與建議

6.1 師長建議

（一）讓繪本的繪圖及故事呈現，能夠使學習者增加好奇心一看再看，透過閱讀此繪本對臺灣傳統文化及小吃揭開更多神祕的面紗，同時也能學習華語。

（二）繪本內介紹的傳統文化及小吃，不能單只是介紹臺灣傳統文化的文獻資料，而是要著重於臺灣各地歷史留傳下來的慶祝傳統文化的習俗及活動，例如：臺灣各地在元宵節都有不同的習俗及慶祝方式，「元宵節」在澎湖在的慶祝活動，是乞龜活動；在臺北平溪，則是放天燈活動，介紹臺

灣各地的習俗活動，讓學習者能更貼近臺灣，並更加與這個歷史與世人創造的新舊文化有所連結。

（三）繪本連結的教材網站如何呈現以及是否能達可行性。

6.2 製作期間的困難

（一）將繪本更廣泛的推行以及教材更專業的網站編寫及建構，都需要更多經費的問題，以至於我們對於繪本的成品及所有額外花費須壓縮。

（二）繪本繪圖皆為作者們親自手繪，手繪時間較費時。

（三）臺灣傳統文化的文獻資料甚多，需做分析及整理或至當地視察，怕繪本內容有錯誤，因此多次與老師們進行討論，在文字部分進行多次修改。

七、參考文獻

1. 潘雅玲（2009）。〈以繪本編輯與實施外籍配偶識字教材之經驗研究〉。

2. 周芷綺（2010）。〈成人繪本閱讀行為之研究〉。

3. 宋佳瑾（2012）。〈以繪本圖文為策略之學習者中心導向的華語文混成式課程設計〉。

4. 劉佳俐（2015）。〈繪本超乎想像：繪本本質與互動關係探究〉。

5. 陳怡靜（2016）。〈華人文化的繪本選擇與教學設計〉。

6. 石伊婷（2016）。〈華語繪本研究與教學——以華語成人學

習者為例〉。

7. 陳惠琦（2016）。〈國小英語繪本教學對英語學習成效影響之研究〉。

以法語為母語之華語學習者之語用學習策略

郭倩妤

國立清華大學華文文學研究所碩士班

eji365@gapp.nthu.edu.tw

摘要

語言作為每個文化中不可或缺且最具代表性的存在，除了是文化傳播的主要媒介，更是所有文化中最為鮮明的烙印、前人智慧的結晶，亦是民族精神的傳承與積累。由於語言可謂為文化的縮影，不同文化的特色與差異，在語言、文字上可見一斑。語言的形成因素極其複雜，可再細分為許多細項，其中包含了「語用」部分。「語用」為社會互動下的產物，隨著時代變遷變化，衍生出言外之意、明褒暗貶等語言藝術之展現，並兼及化用文化典故等元素揉合出不同的語言表達形式，因此，對於不同文化背景之華語學習者而言格外不易。

眾所周知，中、法文差異極大，前者屬孤立語，而後者屬屈折語，且不同的語系對於構詞構句之方式有著顯而易見的差異。有鑒於此，對於以法文為母語的華語學習者而言，華語作為一門

與母語差異極大的外語，難度較高，且語用又不同於語法、詞彙規則明確，其中蘊含了豐富的文化積累及典故，因此更為困難。

基於目標語與母語差異之大，策略的發展有其必要性，所謂策略，即提供學習者一條學習的捷徑，目的便是減少學習者的挫折感，並拉近目標語與自身母語間的距離，除有助於學習者提高學習時的成就感，亦降低甫接觸目標語便立即中止學習之路的可能性。

本文透過語言對比就幾個例子進行討論，借用法文的時態意義解釋語用的變化與使用時機，從時態的比較對於確定性的高低以及語氣的委婉程度的不同進行說明，利用學習者的母語知識，並將其運用於目標語的學習上，以最大程度降低學習者的學習負擔，使學習者認為中文不如想像中那般困難，期待能有效提高學習者的學習意願，使其感受到學習華語的樂趣。

關鍵詞：華語教學、語用學、法語母語學習者、策略、語言對比

一、前言

1.1 研究背景與動機

法文（Français）屬於印歐語系羅曼語族，成分較為複雜，為多個語言相互融合後之結果，由高盧地區之方言、拉丁語相結合，進而漸漸衍生出一個新語言。如今，法語是除英語外最多國家的官方語言，亦為聯合國工作語言之一，以及歐盟、北約、奧運會、世貿和國際紅十字會等眾多極富影響力國際組織之官方語言及正式行政語言，影響力僅次於英語。十一世紀時，法語曾為

除中古漢語外，當時於全世界使用人口最多的語言。[1]後來，由於法國和比利時忙於向外發展，並建立起遼闊殖民版圖，因而將法語引入美洲、非洲及亞洲等地區，使法語成為大部份非洲國家的第二語言。

如今全世界有一億人以法語作為母語，及2.8億法語使用人口（包括以法語為第二語言者），目前仍持續增長，尤其以非洲為最。現今法國本土法語（français métropolitain）及魁北克法語（québécois）是主要的兩大分支，兩者在發音以及少數詞彙上有所區別，但書面形式一致。[2]

承上所述，法語對於全球仍具一定重要性，然而，在華語教學領域中對於以法語為母語之華語學習者的研究卻不甚豐富，如今法語區對於華語教師需求較以往提高，應針對法語為母語之學習者深入研究，可惜當前多數華語教師多為英文背景，對此一領域之研究尚且不豐，望未來專家學者多加探討。筆者針對語用部分提出一些看法，供教師及學習者參考，除提供教師進行教學調整之參考，亦提供學習者較有效率之學習途徑。

1.2 研究目的與問題

1.2.1 研究目的

許多人都是透過英文才對於時態及動詞變化有所認識，因為在華語中並不存在所謂的時態，僅有時貌標記，像是「了」、「著」、「過」，然而法文卻恰恰相反，是個把時態運用到極致

---

[1] https://zh.m.wikipedia.org/zh-tw/%E6%B3%95%E8%AF%AD
https://www.1jour1actu.com/culture/comment-est-nee-la-langue-francaise

[2] https://zh.wikipedia.org/wiki/%E6%B3%95%E8%AF%AD

的語言，約莫有十餘種時態，並各自具有不同意義及使用時機。此外，法文又比英文更為複雜、更為嚴謹，與華語的差異自然更大。法語是一個句法結構完全不同於中文的語言（岳家君，2007）。因此，法籍學習者在接觸華語時，常覺得找不到可依循的規則，倍感困惑。另外，語言畢竟為文化之具體展現，亦為文化之縮影，除語法外，學習者遇到的最大難點往往為語用部分，由於語用情形與社會演進息息相關又與時俱進，自然變化多端，因此，本文將針對語用的部分進行探討。

1.2.2 提出問題

　　和英文不同的是，法文中的時態除了是一種時貌標記外，亦時常用來表達特定語氣，因此為方便法語母語學習者了解語用，筆者提出以法文時態做為語用學習之策略。本文以法文的時態舉例及說明，但由於法文時態相當複雜，約莫可以比（圖1）再複雜三至五倍，因此，並未能完全列出，以下僅以（圖1）簡述各個時態之關係。

直陳式 L'indicatif	條件式 Le conditionnel	虛擬式 Le subjonctif
未來簡單式 Le futur simple	條件現在式 Le conditionnel présent	虛擬現在式 Le subjonctif présent
過去未來式 Le futur antérieur		
近未來式 Le futur proche	條件過去式 Le conditionnel passé	虛擬過去式 Le subjonctif passé
現在式 Présent		
近過去式 Le passé récent		
複合過去式 Le passé composé		
未完成過去式 L'imparfait		

▲（圖1）法文時態關係

由（圖1）可看出，以上時態可區分為直陳式、條件式、虛擬式三大類（其實還有一類為命令式，但由於本文不會提及命令式，因此並未列出。）由於中文及英文的日常使用僅停留在直陳式此一大類，條件式、虛擬式並非如法語一般為單獨成套系統，因此以下略微就各時態之特色進行簡單說明。法文中的現在式、簡單未來式、複合過去式與華語中之現在、過去、未來最為貼近，部分時態有其特殊意涵，如近過去式表示確定性極高之未來計畫，若以未來簡單式表示則確定性略低（仍極具可能性）；過去未來式則表示在未來簡單式之前之時間點；近過去式則表示剛剛發生之事，表達事件發生時間點與此時此刻相距不遠；未完成過去式可為複合過去式發生事件之背景；條件式可用於不確定性極高之情形；虛擬式則往往用於個人意念之表達等。但由於法文時態的劃分極其細膩、又富有多樣意涵，此處僅以部分時態意涵作舉例之用。鑑於法文時態之豐富意涵，對於語用之解釋有著極大的幫助，以下將以此為策略加以發展。

如前文所述，筆者注意到法文的時態別具特色，只需詳加運用，便能成為華語中語用學習的一大利器。並且由於華語不似法語極其重視細節，兩個語言相距甚遠，雖有著一字多義之共同點，在其他方面完全是天差地別。因此，為提高法語母語學習者之學習效率，筆者提出以法文時態習得語用之學習策略。

二、文獻探討

話語的表徵意義由語境因素而聯想而來，即引導的推論，雖然經過反覆使用漸漸形成語用類型，並未完全制約化，仍具變動

性，直至轉為標碼意義後才成為固定、制約的語用性質（李櫻，2003）。如上所述，由於語用的性質較為特殊，無法以學習者之語法、詞彙等各項程度做為參考依據，且語用為一種文化在語言中的展現，因此語用對於學習者而言並不容易。此類問題常可從學習者與目標語母語者之談話中發現，時常出現資訊不對等之情形，以致訊息無法正確傳遞，亦可能出現理解錯誤之可能。

三、研究方法

本文主要採語言對比分析及學習者的認知策略進行研究，透過以下就四個使用頻率較高的語用情形與法文時態進行比對，盼降低學習者之學習障礙、縮短學習時長、提高學習成效。

3.1 藉此例「下次一起吃晚餐」以未來簡單式、條件現在式說明

以下A、B為同學，在學校中遇見對方，這是他們的對話：

A：「這是我朋友尚恩。」
B：「你好，不好意思，我剛好有事不能多聊，**下次一起吃晚餐**。」

相信這句「下次一起吃晚餐」困擾的絕不僅僅是法語母語的學習者，就連許多其他背景的學習者都常常抱怨母語者不守信用，但真是如此嗎？

由於對於初、中級學習者而言，僅掌握以字面義進行推論之

能力，若以過多且艱澀之專有名詞進行解釋也許不太現實，但就法語母語學習者來說，此狀況若藉由其母語時態之加以區別，便能快速了解此處的言外之意。

以下為「下次一起吃晚餐」之兩種翻譯版本：

On pourra dîner ensemble la prochaine fois.（未來簡單式Le futur simple）

On pourrait dîner ensemble la prochaine fois.（條件現在式Le conditionnel présent）

以上兩個句子可以說幾乎是一模一樣，僅時態不同，但意思卻有所不同，最大的區別在於肯定性的高低。未來簡單式Le futur simple較條件現在式Le conditionnel présent的確定性高過許多，若前者肯定性達七成，後者僅為一成。

由於此處並不是真的向對方提出邀約，而是一種出於禮貌之社交語言，應理解為「下次（有機會）一起吃晚餐」。若學生以未來簡單式解讀這句話，對於這句話的理解便是對方提出邀約，可能會出現拿出記事本向對方確認時間之情形，因而讓自己與對方陷入尷尬的氛圍中。若以條件現在式解讀，學習者能立即明白這句話中其實含有較高之不確定性，而這種不確定性正是該句核心意涵，為極具文化內涵之社交方式。承上所述，只需引導學習者以此為學習策略，並搭配此情境之短片，讓學習者藉不同語境、觀察對話者的表情進行推敲，讓其討論短片中人之關係、人物之想法為何等，透過分析，找出線索，並多加練習，相信學習者便能很快掌握此二時態連結語用並辨別出正確的使用時機。

3.2 「要」的有無

　　前面以相似的兩個法文句子舉例，以下將以兩個中文句子進行比較。

例如：
我晚上要去看電影。
我晚上去看電影。

　　又是兩個幾乎相同的句子，前者的「要」，早期的語法學家認為其為欲詞，但有不少學者持反對立場，呂叔湘先生提出漢語以「將」、「要」訂出未來時間點（申莉，2007）。但兩句語義十分相近，雖後者時間點不甚明確，似乎可用於過去亦可用於未來，此處採未來之義，與前一句相互對照，前者像是在計畫某事，又或是表達意願，而後者更像是在闡述一個事實，其確定性之高低是後者高過前者。雖然這樣些微的差異，有時連母語者都容易產生混淆不清的情形，用法文的時態解釋卻是相當容易，若華語教師要向學生解釋，想必也要費一番唇舌，但以此二句做為例子相信能讓學習者很容易區分。

　　J'irai au cinéma ce soir. （未來簡單式Le futur simple）我晚上要去看電影。
　　Je vais aller au cinéma ce soir. （近未來式Le futur proche）我晚上去看電影。

前者以未來簡單式Le futur simple表現的確定性約莫七到八成，後者以近未來式Le futur proche展現的確定性為九成到十成，搭配上時態的對比後，且兩者時間已鎖定在未來，幾乎不可能出現弄錯時間點之可能性。而對於法語母語學習者而言，要了解中文中確定性之高低，此一僅些微之差異，可以說是不費吹灰之力。

3.3 客氣的說法

「禮貌」是社會互動下的產物，亦是社交時遵循的規則，人們的言談行為（Speech acts）往往與社會地位有著密不可分的關係，自封建制度瓦解後，社會漸趨平等，人們對於「禮貌」的認知也有所轉變（張海琳，2005）。「禮貌」的範圍極廣，此處僅就「客氣」的說法進行討論。由於現今社會階層不明顯，想請他人幫忙時，都會講求基本的禮貌，有時可能基於對象不同，或是此要求不甚合理等情形，而有不同說法。

例如：能不能麻煩您幫忙找零？

這可以說是非常有禮的用法，一般而言，加了「您」已是較為客氣，再加上「麻煩」，又是更抬舉對方的措辭。這其實也算的上是祈使句的一種，這樣的表達讓聽者較為舒服。也許此句以英文表達難以完全展現，然而，在法文中，亦有較為相近之表達方式。

例如：能不能麻煩您幫忙找零？

Pourriez-vous me faire de la monnaie？（條件現在式Le conditionnel présent）

　　以條件現在式（Le conditionnel présent）可說是再合適不過，條件式意涵之一便是極其禮貌，除完整展現中文中非常客氣之意涵，亦能讓學習者感受其中禮貌層級較高之分別，是十分理想之展示方式。相信會有教師質疑此句是否為直接翻譯法，對此，筆者抱持中立之態度。由於在法文中對於您（vous）此一人稱使用之情形較華語來的普遍，基本上是只要對方與自己關係較為疏遠就可以使用您稱呼他人，甚至對方為一個孩子，都可能使用您（vous）稱呼對方，此現象與華語之使用情形相當不同，此處主要以條件式之語氣展現進行討論。

3.4 「剛」的用法

　　「剛」、「剛剛」、「剛才」幾乎天天出現在日常對話中，但其實三者略有不同，有著豐富的語用情形，此處僅就表示說話前不久發生、有「才」之意進行討論（寧晨，2010）。巧妙的是，此一用法，亦能與法文相互呼應。

例如：他剛離開。

Il vient de partir.（近過去式Le passé récent）

　　此一時態帶有不久前才發生和「才」之意，表現此處「剛」存在之目的，可說是與中文原意相當契合。那麼，若要表示「那

時候，他剛離開。」是不是就無法與法文對照了？恰恰相反，只需要將動詞換成未完成過去式（L'imparfait），就能保留原意。此規則亦從旁讓法語母語學習者理解，即便在華語中並無明顯的時態變化，但與自己的母語仍有一定的共通性，有助於降低其對於目標語之畏懼感。

四、研究結果與討論

誠如前文所提，語用習慣與文化息息相關，在巨大的文化差異下，此種與社交直接關聯的語言互動習慣，是為學習者在語言學習中感受最為直接的痛點，透過上述幾個簡單的例子，可有效解決學習者可能面對的尷尬情形，甚或直接預防此類情形的發生，避免在語言學習過程中出現的負面情緒，降低學習者的學習動機，可謂一舉多得。

此外，在語言教學的過程中，教師固然扮演極其重要領路人的角色，但學習過程中的主體仍為學習者，因此，學習者如何正確地理解目標語才是教學過程的重中之重，故本文探討的與用策略皆以學習者為主角，教師在整個策略的使用中扮演傳授著的角色，即教師為學習策略的傳授者，而策略的主要使用者為學習者。在上述策略教學的過程，教師主要負責協助歸類、發展策略，教師可透過學習者的常見偏誤，設計出針對特定問題的有效解決方案，加上語用學習策略需經過大量且反覆之練習，因此需具備與教學目的相關且豐富之語料庫，使學習者能反覆且有效累積經驗、快速上手。另外，語用教學需配合情境，最好取材自真實語料，若能搭配相關影片、錄音，則更為理想。

由於策略發展的主要目的在於幫助學習者更為快速克服社交方面的文化差異，因此教師在提出語用策略時，無論是運用於學習或教學，皆應留意以下幾點：首先，教師在教學前需準備、蒐集大量與此次與教學目的相關之語料庫、影音片段等材料；其次，教師需設計問題考驗學生是能否分辨、正確使用相關語句，達到教學目標。舉例來說，教師可設計題目，例如問學習者此處與哪個時態意涵較為相近，藉此檢視學習者對於此次教學內容吸收如何；亦可請學習者以語料庫中的例子進行句子的延長、應用，如請學生用語料庫的句子進行對話設計或是改寫等等。

　　由於此策略教學重點著重於語用部分，學生程度約莫為初級至中級較為合適，不太建議讓零起點學生過早接觸，可能會產生過於仰賴文法翻譯法之情形，並且，因部分語用彈性較大，建議教師在設定教學目標時，先縮小範圍，再進行語料庫之蒐集，盡可能尋找明確展示語用情形之短片作為引導，配合人物角色、表情、動作、語氣、情境等，讓學習者了解為什麼這個人物要說這句話，並對臺詞、語句分析解說，最後再與時態特色進行連結，加深學習者對此之了解。以上面四個例子為例，若要比較每一組語義上的差別，變數只能有一個，否則這個策略便無效，甚至可能成為學生在學習之路上的絆腳石，演變成學習上的干擾。

　　為避免此類情形發生，此學習策略僅建議具有良好法文文法基礎之教師傳授。另外，前段提及變數只能有一個，是因為一次僅能有兩個時態讓學生進行選擇，就算學生犯錯，也能從例子、兩個時態進行比較，從而得出為何犯錯之結論。教師在傳授策略時，應先舉例，讓學生感受兩者的區別，並且在舉例同時，教師已限定可選擇時態之範圍，較能減少學生說出意料之外的答案，

且引導學生時較有效率。

　　但要特別小心的是，為避免學生過於仰賴此策略，教師舉的例子不能每次都完全與法文翻譯一樣，無論是語序與華語不同，或是毫無關聯之表達方式皆可，應從相似度極高之例子引入此策略，再漸漸抽離，如何把控需仰仗教師敏銳之觀察力。

　　另外，如前文所提，教師應以測驗方式檢視學生對語用之了解程度，但在題目設計方面需格外留意，是否完全展現此語用情形之全貌為其一。其二，對於語用情形之分析需更為細緻，對於每個細節皆需進行分析，確認此用法與現在講解之語用情形完全一致。

　　除此之外，此學習策略並非必須獨立教學，搭配課文進行亦為可行之方式。課文提供情境，教師在功能語法講解時順勢帶入，除降低學習者對於不同情境之不同認知，也能減少教師蒐集語料之困難，但建議教師在教學時能搭配相同語用之影片，提升學習者對於此用法之感受能力，減少學習者對於此語用情形誤解之可能性。

五、結語

　　學習一門與母語相差甚遠的外語絕非易事，如何快速且有效率的學習更是所有專家學者努力的方向。若是有志長久留在法語區教學之教師，為提升教學效率，也許學習學生母語為可行之方式，除了能更清楚知道兩個語言之差異並了解學生發生偏誤之原因，在學習過程中遇到得困難往往能藉此發展出有效之策略進行教學活動，減少學生走彎路的可能，並能從更多面向檢視自己的

教學，在策略的設計上亦會得到更多的靈感。

　　但由於語用情形與文化、社會、族群、身分等因素有著密不可分的關聯，並且，隨著時空背景而有所不同，要能完全掌握並非易事。如何使學習者能快速且精確的掌握，需結合前人之貢獻，善加利用，綜合學習者之母語特色，提出可行之策略，提高學習者對於語用情形之認識，增進對於語用之了解，想必能對於學習者有著不小的幫助，不再對語用學習茫然無措。望此類策略之發展日益蓬勃，多多益善。

六、參考文獻

1. 杉山貴美、Asami.C（2006）。《彩繪法語》（張喬玟，陳琇琳譯）。臺北：笛藤出版圖書有限公司。

2. 岳家君（2007）。《法語語法詳解》。臺北：敦煌書局。

3. 申莉（2007）。〈表將來的「將」和「要」語法分析〉。《北京聯合大學學報》，5（1），56–59。

4. 李櫻（2003）。〈語意與語用的互動〉。《臺灣語文研究》，（1），169-183。

5. 周明娟（2009）。〈從間接言語行為看英語廣義委婉語的實現方法〉。《阜陽師範學院學報》，（3），70-71。

6. 陳群秀（2005）。〈信息處理用現代漢語虛詞義類詞典研究和工作單設計〉。《中文計算語言學期刊》，10（4），459-471。

7. 張海琳（2005）。〈交際禮貌的語用現象〉。《河南工業大學學報》，1（2），52-53頁。

8. 寧晨（2010）。〈對外漢語教學中的特殊近義詞考察──以「剛」、「剛才」與「剛剛」的多角度辨析為例〉。《海外華文教育》，2010（1），60-68。

9. 劉芸菁（2015）。〈法國華語教學經驗談〉。《華文世界》，（116），78-80。

10. 葉信鴻、余哲仁（2008）。〈「法」力高深──高傑力從法語教學到華語教學〉。《臺灣華語文教學》，（4），93-95。

11. 詹景雯、林振強、李柏堅（2015）。〈請求言語行為之研究〉。《中華科技大學學報》，（61），177-194。

12. Brigitte Teyssier, Dominique Jennepin, Maylis Léon-Dufour, Yvonne Delatour. (2004). Nouvelle grammaire du français. Paris: Hachette Livre.

華語讚美語二語習得之語用研究：以韓國華語學習者為例

鍾昕穎、杜容玥

國立政治大學

jytu@nccu.edu.tw

摘要

Wolfson（1983）曾把讚美喻為社交場合的「齒輪」和「潤滑劑」，目的為促進人們之間的情感。讚美語在人際交流中扮演著不可或缺的角色。在不同文化下，人們習慣使用的讚美語和對讚美的回應亦值得探討。然而，在讚美語的文獻中，中英語對比的研究佔了多數，韓語的研究則較為缺乏。因此，本文旨在研究以中文為第二語言習得的韓國學習者如何使用中文讚美語，而這些讚美語中，最常被使用的句式結構為何，以及在中文的語境裡，韓國學習者使用哪些讚美的回應策略。本文之研究方法採用問卷調查與個人訪談的形式進行，問卷使用言談填充測驗（DCT）。受試者為15位學習中文的韓文母語人士。研究方法依據Knapp、Hopper及Bell（1984）的讚美語分類和回應策略進行問卷設計和分析。研究結果發現，韓國學習者認為最常見的讚美主題依序為

表現與能力、外貌、擁有物。韓國學習者在讚美外貌、和擁有物的主題時，最常使用「人／物＋（程度副詞）＋形容詞」，例如：你的微笑很漂亮。而在表現與能力的讚美中，句型「（人／物）＋動詞（得）＋程度副詞＋副詞」則為最多人使用，例如：你的期中報告講得很好。對於讚美回應策略，韓國學習者收到讚美時，多數選擇接受讚美，或是淡化讚美以表示謙遜。雖然韓國學習者通常都接受讚美，但在實際訪談中，受試者一致表示韓國人傾向以拒絕讚美為策略。訪談內容和調查結果的出入符合Chen and Yang（2009）的發現，讚美回應的變化與時代密切相關。受到國際化和經濟復甦的影響，亞洲文化亦受到西洋文化影響，使亞洲國家的人們越來越能接受讚美，而非全盤否決。

關鍵字：讚美回應、讚美回應策略、語用遷移、跨文化溝通

一、前言

長期以來，讚美語一直是語用學研究的熱門話題。大致而言，讚美的目的除了增進雙方的社會情感，也是說者傾向使聽者產生開心或正面的感受。人們對於讚美的回應亦被熱烈地討論。無論是接受、拒絕，都能反映出文化的差異。另外，影響讚美語的使用有許多因素，例如地位之高低、性別、年齡、文化差異等。提及文化層面，讚美語在不同社會文化中的形式和用法亦饒富趣味。基於此，本文將探討以中文作為第二語言的韓國學習者如何使用中文讚美他人、其最常使用的句式結構為何、以及在中文的語境裡，韓國學習者對於讚美會如何回應。

以下為本文之主要研究問題：

1. 韓國學習者使用韓語和中文時，讚美主題各別為何？
2. 韓國學習者以韓語和中文回答時，使用讚美的回應策略為何？

二、文獻回顧

2.1 讚美語的定義

Holmes（1986）將讚美定義為一種言語行為，可明確或隱含地將功勞歸功於說話者以外的人，通常是被提及的人，以獲得某種好處。Holmes亦提出讚美一方面會對言語行為產生積極的影響，另一方面又可能威脅到面子行為。Downes（1998）將讚美定義為與給予，禮物和祝賀相關的支持性行為，隨之將伴隨著接受或拒絕的回應，是為第二部分。

2.2 讚美語的主題

Holmes（1988）認為最為頻繁的稱讚與外貌有關。一般而言，在彼此較為熟悉或親近的人中，這種稱讚是最合適的。因此，外貌相關的讚美經常出現於朋友，同事之間的互動，有時甚至陌生人也會表現出這種讚美。

Manes和Wolfson（1981）將讚美分為兩種類別：外貌或擁有物、能力或成就。外貌包含服裝、髮型、珠寶或與個人相關之事物，例如讚美減重。擁有物包含孩子、寵物、丈夫、汽車、房屋等。第二類的讚美語為能力或成就，包含工作上的表現、玩遊戲

的技巧、好手藝等。

Knapp, Hopper和Bell（1984）將讚美語分為六種類別：表現、服裝、外貌、個性、擁有物以及協助與服務。表現包含個人能力展現。服裝包含衣服、珠寶等。外貌即為對於外表的稱讚。個性包含讚美人格特質。擁有物包含孩子、配偶與資產。協助和服務包含讚美他人的幫助。

2.3 讚美回應策略

Herbert（1990）則認為讚美是由兩個單位交換而組成的。在讚美的單位中，作為第二部分話語（utterance）的回應和讚美中第一句話是有條件地相關的，而回應的內容亦取決於讚美的第一句話。讚美為說者對於聽者的正面評價，對於聽者而言通常是有益的。回應則和讚美語相互搭配，形成完整的話語單位。

許多學者分析了讚美語的回應策略，歸類出回應的項目。Pomerantz（1978）將讚美回應分為三大類別：接受、拒絕和避免自我讚美。

Pomerantz（1978）的讚美回應分析	
接受（acceptances）	1. 感謝標誌（appreciation token） 2. 同意（agreement）
拒絕（rejections）	3. 不同意（disagreement）
避免自我讚美 （self-praise avoidance mechanisms）	4. 降低讚美（praise downgrades） 5. 轉移（reassignment） 6. 反讚美（return）

Knapp, Hopper and Bell（1984）的讚美回應分析	
接受（acceptance）	1. 形式化接受（ritualistic acceptance） 2. 樂意接受（pleased acceptance） 3. 不好意思（embarrassed）
修正式接受 （acceptance with amendment）	4. 溫和的接受（tempered acceptance） 5. 回報讚美（return compliment） 6. 誇大式接受（magnified acceptance） 7. 要求確認（solicit confirmation）
不予置評（not acknowledged）	8. 不予置評（not acknowledged）
否認（denial）	9. 否認（denial）

Knapp, Hopper and Bell（1984）的回應策略共有四個類別：

2.4 韓語之讚美語

Song（2017）對於母語為韓語的學習者進行研究，發現韓國人在讚美他人時很少表露出自我的情感和想法，將讚美著重於對方的感受，主題通常為對方的外貌或是物品，例如：너무 예뻐요（非常漂亮）、저 여자의 가방하고 신발이 예뻐요（那個女生的包包和鞋子很好看）。此外，韓語中的讚美也會顧及對方的面子，盡量降低傷害對方為原則。例如，對於他人外貌不佳的讚美，會以「他長得很聰明」來表達委婉之意。這與Leech（1983）禮貌準則中的讚揚準則（The Approbation Maxim）相符。

2.5 華語之讚美語

Wang與Tsai（2003）對於華語讚美語的句法分析，歸納出以下八種最常見的結構型態：

1.（人／物）+程度副詞+形容詞	「你那雙拖鞋很漂亮耶。」
2.（人／物）+看起來+程度副詞+形容詞	「你氣色看起來很好。」
3. 程度副詞+形容詞	「好可愛！」
4.（人／物）+動詞（得）+程度副詞+副詞	「你今天穿得不錯。」
5.（人）+動詞+程度副詞+副詞	「你上課很認真。」
6.（人）+程度副詞+動詞+名詞	「你那麼有魅力。」
7.（人）+程度副詞+動詞+名詞	「好羨慕你喔！」
8.（人）+程度副詞+形容詞+名詞	「你是個好老公。」

　　許多讚美語之研究著重於華語和英語的對比分析，但是韓語讚美語用的相關研究較為缺乏，尤其華語和韓語的讚美語對比分析更有待進一步探究。除此之外，前人的研究僅根據蒐集之語料歸納讚美回應，然而缺乏針對各種不同主題進行讚美回應策略的分析。因此，本文將針對中文為二語習得的韓國學習者進行讚美語的研究，分析其最常運用的中文讚美語結構，以及當韓國學習者受到中文的讚美時，他們會如何回應。基於此，本研究分別以外貌、表現與能力以及擁有物這三個主題來設計個別情境予以進行探討。

三、研究方法

3.1 研究對象

　　本文以中文為第二語言的韓國人作為研究對象，共有15位受試者，包含4位男性和11位女性，年齡介於25至30歲。韓國受試者學習中文的時間為1個月至2年以上不等，佔比由多至少依序為：2年以上（57.1%）、1至1.5年（14.3%）、1至3個月

（14.3%）、1.5至2年（7.1%）、6至12個月（7.1%）。

3.2 研究工具

本文的研究方法將採用問卷調查與個人訪談的形式進行。結合量化研究與質化研究以達成完整且深入的分析。問卷調查包含封閉式問題與開放式問題。封閉式問題分為單選題和複選題；開放式問題包含言談填充測驗（Discourse Completion Test）和簡答題，以情境模擬的方式讓受試者作出相對應的答案。

3.3 研究過程

研究過程分為三個步驟：問卷調查、個人訪談以及問卷和訪談的資料分析。首先會提供受試者線上問卷調查，待問卷填寫完畢後，進而對受試者採用一對一的個人訪談。最後為資料分析，進行問卷編碼以及完成訪談逐字稿。

四、研究結果

（表1）顯示了韓國學習者在臺灣最常聽見的讚美語，所有回覆以外貌、表現與能力和擁有物做分類。

表1　韓國學習者最常使用或聽到的中文讚美語

問題：「你最常使用或聽到的中文讚美是什麼？」		
主題	比例	回覆
外貌	26.6%	長得好看、很美。 你很可愛。 真的很漂亮。

問題：「你最常使用或聽到的中文讚美是什麼？」		
主題	比例	回覆
表現與能力	73.3%	真厲害。很厲害 你中文說得很好。 你中文很好欸。 講中文講得很標準。 你的中文進步了。 好棒、很棒。你真棒。 你很棒，好厲害喔！ 完美、了不起。
擁有物	0%	無

由結果可得知，73.3%的韓國學習者選擇了表現與能力是最為常見的讚美，26.6%的韓國學習者則認為是外貌相關的稱讚。有趣的是，沒有任何韓國學習者選擇擁有物。依照問卷的結果，韓國學習者認為常見的讚美語類別為：表現與能力>外貌>擁有物。

4.1 讚美主題

問卷中的第二部分搜集了韓國學習者對於外貌、表現與能力和擁有物會如何用中文給予讚美，以及何種句法結構是最常被使用的。

本文將讚美語的常見結構以Wang與Tsai（2003）的八個類型進行分析，「其他」則適用於分類以外的結構。表2為韓國學習者給予外貌相關讚美語的回覆結果：

表2　針對外貌的讚美語

問題：「你覺得朋友長得很好看，你會讚美他嗎？會的話，會怎麼讚美？」			
	句法結構	比例	回覆
會	人／物+程度副詞+形容詞	40%	你很美。／你好帥。 你很漂亮。 你的微笑很漂亮。 你真好看。
	人+程度副詞+形容詞+名詞	12.5%	你真是個很帥的人。 我覺得你是個小仙女。
	（人／物）+動詞（得）+程度副詞+副詞	6.6%	長得很漂亮。
	程度副詞+形容詞	6.6%	很漂亮。
	其他	12.5%	好像（明星）一樣好看。 女神。
不會		20%	就我而言，不喜歡談論別人的外表。

　　讚美他人的外表時，韓語學習者最常使用的結構為「人／物+程度副詞+形容詞」，其次是「人+程度副詞+形容詞+名詞」。在句子中使用動詞「得」的比例只有6.6%，僅以程度副詞詞和形容詞構成的稱讚也佔了6.6%。最後，共20%的韓國學習者選擇不會給予外表相關的稱讚。

表3　針對表現與能力的讚美語

問題：「你的朋友期中報告表現的很好，你會讚美他嗎？會的話，會怎麼讚美？」			
	句法結構	比例	回覆
會	（人／物）+程度副詞+形容詞	33.3%	你的報告很厲害。 也太厲害了吧…… 你真優秀。 你很會講話欸，我也想學你。 報告很讚。

問題：「你的朋友期中報告表現的很好，你會讚美他嗎？會的話，會怎麼讚美？」			
句法結構		比例	回覆
（人／物）+動詞（得）+程度副詞+副詞		53.3%	發表得很好。 做的很棒。 做得很好。／做得好。 你的期中報告講的很好。 *你的報告聽得很清楚很順利。
其他		12.5%	專業。／厲害。
不會		6.6%	無

　　結果顯示，超過一半以上的韓國學習者在讚美他人的表現與能力時，最常使用的句式為「（人／物）+動詞（得）+程度副詞+副詞」，例如：「做的很好」。使用「（人／物）+程度副詞+形容詞」的學習者佔了33.3%，如：「你真優秀。」

表4　針對擁有物的讚美語

問題：「你的朋友住的房子很漂亮，你會讚美他嗎？會的話，會怎麼讚美？」			
句法結構		比例	回覆
會	（人／物）+ 程度副詞+形容詞	73.3%	你的房間很漂亮。 你的房間那麼漂亮。 你的房子真有特色。 你的房子好漂亮喔！ 你自己裝飾的嗎？ 這裡超好看！你有sense。 我覺得你房間很好看。 很乾淨。
	（人）+ 程度副詞+動詞+名詞	12.5%	我想住這兒。 太羨慕你了。
	其他	6.6%	我可以住在你的房間嗎？
不會		6.6%	無

　　最後是關於擁有物的讚美，與外貌相似，韓國學習者傾向使用「（人／物）+程度副詞+形容詞」的語句，如：「你的房間

很漂亮。」使用「（人）+程度副詞+動詞+名詞」的學習者佔了12.5%的比例，如：「太羨慕你了。」其中一位學習者使用問句回覆：「我可以住在你的房間嗎？」此為非直接的讚美語。

綜合三種分類的讚美結構，韓國學習者在稱讚人或事物時，「（人／物）+程度副詞+形容詞」的句型結構是最常被使用的。但對於表現與能力的稱讚，則較常使用「（人／物）+動詞（得）+程度副詞+副詞」的句式。而讚美表現能力和擁有物的比例皆高於讚美他人的外表。

4.2 讚美回應

以下為韓國學習者對於讚美的回應策略分析，同樣以外表、表現與能力和擁有物為主題。

表5　針對外貌的讚美語之回應策略

問題：「朋友說：『你的髮型真適合你！』，你會怎麼回應？」			
	比例	回應策略	回覆
接受	46.6%	形式化接受	謝謝。／謝啦。 哈哈，謝謝。／哈哈謝謝你。
	12.5%	樂意接受	謝謝。心情變好了。 謝謝，我也覺得還ok。
	6.6%	溫和的接受	謝謝！我昨天去美容師染頭髮了。
	12.5%	回報讚美	你的髮型也很好看。 感謝喔！你的髮型也很適合你呀！
	20%	要求確認	有嗎哈哈哈。 真的嗎？謝謝你！／真的嗎？謝謝。
	0%	感謝並貶低	無

問題：「朋友說：『你的髮型真適合你！』，你會怎麼回應？」			
	比例	回應策略	回覆
拒絕	0%	不同意	無
		不同意並貶低	無
其他	0%		無

　　韓國學習者被稱讚外表時，將近一半的受試者選擇使用「形
式化接受」回應，即單純表示感謝，而韓國學習者使用「回報讚
美」的比例是和「樂意接受」是相同的。

表6　針對能力與表現的讚美語之回應策略

問題：「朋友說：『你的廚藝真好！』，你會怎麼回應？」			
	比例	回應策略	回覆
接受	12.5%	形式化接受	謝謝。
	12.5%	樂意接受	謝謝你吃得津津有味。 謝謝你的誇獎。
	33.3%	溫和的接受	下次也來吃吧。 謝謝喜歡我煮的菜。我很喜歡料理，你若 有試試看的菜，就告訴我。 謝謝，有機會再給你做其他的。 謝謝，多吃一點。 謝謝，如你喜歡我可以做另外個菜。
	0%	回報讚美	無
	26.6%	要求確認	真的嗎？我喜歡你們吃我做的菜就是我的 幸福。 真的假？謝謝～～ 真的假的，我覺得還好。我只能做這個。 真的嗎？謝謝，那你吃多一點～
	0%	感謝並貶低	謝謝你，沒那麼好吃。
拒絕	12.5%	不同意	哪有。 哪裡哪裡。
	0%	不同意並貶低	無
其他	6.6%		因為我很棒。

對於表現與能力的讚美，韓國學習者傾向運用「溫和的接受」回應，表達感謝後附加一句非正面回應的句子。

表7　針對擁有物的讚美語之回應策略

問題：「朋友說：『你的包包很好看！』，你會怎麼回應？」			
	比例	回應策略	回覆
接受	46.6%	形式化接受	謝謝。
	20%	樂意接受	謝謝，我也很喜歡我的包包。 對吧！很漂亮吧？ 謝謝～這是我最喜歡的包包，又大又好看！
	26.6%	溫和的接受	買一樣的東西一起拿著吧。 嗯嗯，是我最近買的。 謝謝你，很好用。 這個很便宜。
	12.5%	回報讚美	謝謝，我也很喜歡你的包。 謝謝你。你的包包也好看！
	0%	要求確認	無
	0%	感謝並貶低	無
拒絕	6.6%	不同意	沒有，就是我用得較乾淨而已。
	0%	不同意並貶低	無
其他	0%		無

擁有物被讚美時，韓國學習者多以「溫和的接受」為回應策略，接著為「樂意的接受」。沒有任何韓國學習者選擇「要求確認」和「感謝並貶低」，且有6.6%的比例是拒絕讚美的。

五、結果討論與分析

韓國學習者認為最常見的讚美主題依序為表現與能力、外表，其中沒有受試者選擇擁有物相關的稱讚。這個結果不符合

Holmes（1988）跟Song（2017）所認為最為頻繁的稱讚與外貌有關。研究者推測讚美偏好主題應與不同文化、年齡、社會地位，甚至和性別有關。因此，單從韓國學習者進行調查，無法全面性地考量眾多因素，因而產生了與文獻探討結果的差異。

至於韓國學習者最常使用的讚美結構，以外表和擁有物為主題，「（人／物）+程度副詞+形容詞」位居第一，例如：你非常厲害。而表現與能力的讚美則以「（人／物）+動詞（得）+程度副詞+副詞」最常被使用，例如：你做的很好。韓國學習者傾向用對方「你」作為讚美的開始，而並非由主語「我」作為出發點，如：我喜歡你的髮型。這和Song（2017）的研究結果是一致的：「韓國人常常將讚美著重於對方的感受。」從文化的角度分析，亞洲國家的文化較不擅長表現出自我想法，因此讚美他人時常以客體為主；相反地，西方國家因為強調個人主義和色彩，擅長發表自我觀點和意見，因此讚美也以主體為優先。

讚美回應策略裡，韓國人使用中文回應讚美以接受為主，以表示感謝為主要的策略。但研究者訪談三位韓國學習者，他們都一致認為韓國人會以拒絕讚美為策略，以表示謙遜，但是當自己填寫問卷時，是選擇接受讚美的。他們也表示問卷是針對個別情境模擬，但是訪談則是反映了一般的真實情境。另外，讚美的對象會根據年齡、性別、社會地位或是兩者之間的關係而有所差別。因此，DCT的研究結果和訪談才會有些許出入，此一差異有待日後研究深入分析。此外，本研究認為身處於全球化、經濟復甦的時代，人們的接觸、交往更加便利和頻繁，使得東方文化受到西方文化的影響，因此東方國家的人們亦逐漸願意接受讚美。

六、研究限制和未來展望

　　本研究的研究限制包含對象、語境限制以及母語和二語習得的差異性，受試者樣本數量亦不足夠。對於說者而言，讚美會依據年齡、性別、心情或是與對方的熟稔度而給予不同的讚美或回應。因此，本研究之結果並無法確保受試者對於讚美語和回應策略的真實性。另外，韓語學習者以中文為第二語言習得，在使用第二語言和母語稱讚對方時，中文程度的影響亦可能限制讚美的內容，因此在運用韓語和中文讚美裡存在的差異性是可以再深入分析的。若往後針對此研究進行發展，應考慮讚美語的語境限制，並提升受試者樣本數量使研究更為完善。

七、參考文獻

1. Wang and Tsai. "An empirical study on compliments and compliment responses in Taiwan Mandarin conversation." Concentric: Studies in English Literature and Linguistics (2003).

2. Holmes, Janet. "Compliments and compliment responses in New Zealand English." Anthropological linguistics (1986): 485-508.

3. Motamedi, Sepideh. "A Sociopragmatic Contrastive Analysis of Compliment Responses between Native American and Native Persian Chatters–A Web-Based Study." International Journal of Body, Mind and Culture 5.3 (2018): 124-134.

4. Pomerantz, A. (1978). Compliment responses: Notes on the co-

operation of multiple constraints. In Studies in the organization of conversational interaction (pp. 79-112). Academic Press.

5. Sohn, Ho-min, ed. Korean language in culture and society. University of Hawaii press, 2006.

6. Song, Sooho. Second Language Acquisition as a Mode-Switching Process: An Empirical Analysis of Korean Learners of English. Springer, 2017.

《樂活臺東089》在地特色文化華語任務式數位遊戲教材及線上課程設計與規劃

游心瑜、陳品璇、傅濟功

國立臺東大學華語文教學研究中心、國立臺東大學華語文學系

sherry630104@gmail.com

摘要

臺東擁有豐富的自然生態與多元文化，無論是海洋、高山、還包含國際衝浪賽、熱氣球嘉年華等著名國際活動，且擁有閩南、客家、外省族群、新住民、多個原住民族群等多元文化，以上都吸引外國學生前來臺東短期中文研習及體驗。本研究希望將臺東人文與自然特色結合華語文教學，以臺東特色景點與文化作為學習教材，並搭配任務型學習單，建置數位教材平臺，讓學習者達到邊觀光邊學習中文，深入了解在地特色文化，搭配研製線上同步課程，讓學習者也可以線上沈浸環境學習此特色文化華語課程，深入了解臺東，進而吸引學習者前來臺灣學習中文，達到向國際推廣臺東及華語文文化教學。

《樂活臺東089》選擇臺東九個鄉鎮地區及其一臺東特有民

俗文化活動「炸寒單」為特色景點與主題為學習之情境背景，中文程度對應於TOCFL B1，而每課課文架構為兩篇小短文、生詞、文化詞、句型、常用句與任務學習單，各課之間內容無關聯性，可獨立單獨拉出其中一主題進行文化教學使用，也可運用於華語中心文化體驗活動、文化體驗營任務活動等，學生可藉此學習不同於生活華語的生詞及相關常用句，除此之外，設計任務型學習單，引導學生走進臺東環境，期望達到語言學習與運用、華語學習與文化體驗之效果。

本教材除研製紙本教材外，同時研製線上同步及非同步課程、建置數位學習平臺，並由華語中心與華語系團隊合作研製開發完成，分析臺東旅遊及特色文化華語教材之需求，期望研製及整合成臺東特色文化數位華語教材，針對臺東在地特色文化，規劃實體旅遊導覽及線上學習特色華語課程，為學習者在語言學習中帶來更豐富及深刻的語言與文化體驗，吸引海外學習者透過此方式學習中文，推廣及行銷臺灣與臺東華語教育。

關鍵詞：樂活臺東089旅遊華語、華語教材、臺東特色文化、任務行教學法

一、前言

臺東於2020年獲得全球十大最好客的城市第七名，近年來以國際觀光城市為發展目標，同時舉辦許多相關國際觀光活動，如：臺灣國際熱氣球嘉年華、臺灣國際衝浪公開賽等，吸引許多海內外觀光客到臺東共襄盛舉，更大幅度的提升臺東知名度，開

啟臺東與國際接軌的機會，且臺東以環境無工業汙染、自然純淨、多元人文文化風貌，聞名全臺，更產出眾多優質農產品，成為國人國內旅遊景點首選之一；雖說臺東環境優美，並具備國際觀光潛力，但與臺灣其他城市相比，交通地域較為偏遠，生活較為安靜樸實，外國學生來臺學習華語，還是仍以臺灣北部、西部為主要考量選擇，若要吸引外國學生至臺東學習華語，需要研製地域特色性教材、課程，開拓其他華語學習需求。

　　臺灣坊間華語教材以日常生活會話、旅遊主題為導向，讓外籍學習者能快速掌握生活情境對話，何淑貞、張孝裕、陳立芬、舒兆民、蔡雅薰、賴明德（2017）的研究指出，儘管臺灣各大學語言中心出版各式各樣的華語文教材，卻較少能針對不同學制、學時、地區使用的華語教材，而產生較少進重點策略或加強推廣，以致於錯失評估海外市場潛在發展機會，對於臺灣地域性或臺灣文化特色華語教材，較少有相關學習書籍，故臺東大學華語中心與臺東大學華語系以臺東當地旅遊景點特色、自然環境與民間習俗為主體，研製東臺灣特色文化華語教材。讓學習者除了學習華語的同時，更了解認識臺東，增加未來至臺東學習特色華語課程的機會選擇，語言的目的在於溝通交流，藉由旅遊活動了解地區的人文風情，從當地的語言中理解當地的文化習慣，更是一種一舉兩得的方式，不僅能學得日常交流的用語、旅遊的用語，還能從重要的文化詞語、當地的景物等等，認識深入的人文歷史與生活（舒兆民，2016）。

　　期望未來此教材經完整修訂與研發後，除推廣臺東在地文化特色外，能成為具有臺灣東部地域特色性之華語學習教材，增加華語學習者學習選擇，結合旅遊華語學習，吸引更多海外中文學

習者前來臺東學習華語。

二、文獻探討

2.1 旅遊華語教材編寫原則要點

　　好的教材是教學得以成功的主要條件之一，也是課堂教學的基本和主要依據（蔡蓉芝、舒兆民，2017），在教材編寫原則中，趙賢州（1988）提出教材編寫的四個原則，包含針對性、實踐性、趣味性與科學性：

(1) 針對性：必須注意學習者的文化背景、年齡、知識水平等自然條件，同時要注意其學習目的與學習時限。

(2) 實踐性：教材內容要與教學者的需求相應，語言技能唯有通過實踐才能達到真正習得與鞏固。

(3) 趣味性：要考慮語言材料的實用價值，選取學生最感興趣、最關心的語言教材，並適合學習者的心理特點，呈現多樣化語言材料。

(4) 科學性：要系統地呈現語言的規律及準確地解釋語言知識，不能違反客觀定律與語言現象的正確性（轉引自蔡蓉芝、舒兆民，2017）。

　　陳懷萱、林家盈（2013）旅遊華語基本上有兩個不同面向：一是適用於觀光客的一般旅遊會話，內容包含旅遊時在各個情境場所會使用到的日常用語，另一個則是專業領域的導遊華語，目的在於培訓未來從事導覽或領隊工作的專業人員。而本旅遊文化

教材《樂活臺東089》則是以第一種面相編寫研製，提供在地特色文化之介紹，同時透過任務學習單走入實境，利用闖關活動幫助學習者深入當地，應用所學知識與華語能力，深入了解當地文化提升中文聽說讀寫各項能力，達到語言與文化學習並重之目標。除此之外，因應線上學習趨勢以及數位學習發展，以及海外學習之需求，教材數位化是現代化的的一項重要發展指標，從以往創新融入，學習者為中心的概念導向，教材的發展配合教學運用，傾向於啟發性的、實用性的，以及促進社群合作學習的角度（舒兆民，2016）。

2.2 任務型教學法

任務型語言教學法是一種以任務為核心單位，來計畫和組織教學的方法。（廖曉青，2018）學習者在學習過程中，能與實際生活情況結合，並使用目的語完成任務，培養溝通能力。在目的語環境中使用任務型教學法，能強化語言知識，提升學生內在學習動機。任務型教學法在第二語言教學領域中已得到肯定。曾妙芬、鍾鎮城（2017）透過階段性任務活動，讓學習者參與溝通，在真實語境使用目的語，提升學習者學習成效。陳麗宇（2010）提到，任務型旅遊華語教材應該將交際文化與知識文化並重設計，且教材設計能讓學生不僅能習得語言，也能習得文化。

在任務型教學法設計教材過程，需要同時兼顧每階段學習是否都具備聽、說、讀、寫技能；任務設計難易度也應視學習者人數調整，盡可能地增加學習者運用的機會。而孫懿芬（2012）於〈如何設計任務型導向的教學活動〉中彙整了三階段任務依排序有不同的教學設計重點：

（1）前任務階段：啟發任務，以語言輸入為主，輸入閱讀、聽力信息二者比例各半。

（2）實際任務階段：實施核心任務，以口頭輸出為主，信息整理或交換。

（3）後任務階段：加強任務，以書面語言輸出訓練為主，做到信息綜合、完成書面報告。（轉引自施安辛等，2020）

　　本教材與課程結合臺東在地特色文化，並設計任務學習單，帶領學生完成任務，以任務型教學法概念設計教材與後續教學課程，以任務導向為課程設計之主旨，使學習者能將語言應用於生活中，深入當地直接與當地居民溝通取得資訊、給予遊程須完成之步驟，要求學生完成任務，有機會接觸生活中的華語，並提升溝通與口語表達能力。

2.3 線上同步、非同步、混成式教學模式

　　林翠雲（2016）提及遠距教學突破了時間及空間的受限，讓現代的教師及學生可以不用到特定地點，只要有網路及軟硬體設備，即可隨時隨地與老師們互動。而目前遠距教學的類型，分為以下三類：

（1）同步遠距教學：此類型像一般課程一樣，在特定的時間將所有學員集合到特定的教室或連上線上教室，講者在遠端透過其聲音及影像線上授課（林翠雲，2016）。可

以做即時的互動，具有高度的即時性與互動性，此方式突破地域的受限，同時教師也能掌握學生的學習進度與狀況，給予及時幫助。

（2）非同步遠距教學：也可稱為網路教學或線上學習，教師事先拍攝並剪輯教學影片，將課程內容及相關教學資源整合後放上網路平臺，學生可自行上網學習。此方式學生可自行掌握掌握學習進度，時間彈性，但無法與教師即時互動，教師也無法隨時督促學生，易產生怠惰感。

（3）混成式學習：是同步與非同步相互運用，教師根據教學需要機動的選擇同步或非同步模式進行教學。這兩種遠距教學之方法可以互相搭配，截長補短，提升教學品質。

資訊融入華語文教學從課堂的活動，逐漸到網站非同步的應用，至現階段建立起遠距同步的教學，以及混成式的學習方法，隨著科技與通訊的發達，未來也陸續完善更多的線上學習模式，不僅遠端的教學，雲端的應用，帶來更大更多的便利性，教學平臺的產出，方便了混成式教學的規劃及實施（舒兆民，2016）。

本教材同時建置數位化教材平臺，搭配線上視訊授課平臺及各網路服務互動式軟體功能等，設計混成式教學課程。

三、教材編寫架構及課程設計

3.1 教材編寫特性

　　臺東位於臺灣的東部，擁有豐富高山、縱谷、平原、海岸等自然生態資源及特色文化，人口結構豐富多元，並包含閩南、客家、外省族群、原住民族群、新住民族群等多元文化風貌，同時包含國際化的熱氣球嘉年華及國際衝浪賽，而上述臺東特色皆吸引海外人士長期或短期旅居臺東，一邊體驗臺東風情，一邊學習中文，期許透過開發此教材，結合在地觀光旅遊，吸引外籍人士前來學習華語。

　　劉珣（2000）把教材的編寫原則概括為針對性、實用性、科學性、趣味性、系統性五種。

　　針對性部分，李泉（2006）進一步指出針對性基本內涵應該是：教材設計和內容編排要適合學習者特點和需求，適合學習的環境和條件；要體現目的語的重點和難點。本教材命名為《樂活臺東089》，使用臺東以質與量並重的慢活城市之特色，樂活城市之意向，並加上臺東電話地區區碼089作為本教材名稱，研製屬於以臺東特色文化、旅遊景點為主的地域性特色文化華語教材，符合當地華語學習之需求。教材內容選擇臺東九個特色鄉鎮地區及其一臺東特有民俗文化活動「炸寒單」為特色景點與主題為學習之情境背景，以臺東各地區自然或人文景點為核心主題，帶領學生認識臺東特色文化，並搭配認識文化景點過程中，將會應用到的文化生詞、句型、常用句及活動任務學習單，讓學生於景點導覽及學習過程中實際應用，透過體驗帶領學生認識臺東當

地特色景點與多元文化時，達到強化在地觀光特色連結及語言文化體驗的學習目的。

除此之外，本教材期望學生學習完成後，能將學習內容實際應用於現實生活中，故於教材中編列該景點主題可能使用之詞彙與常用句型，並設計任務學習單，能以常用句型與當地人溝通互動，並使用該主題學習之詞彙與句型表達，完成任務學習單，達到語言實用與生活需求，符合實用性。

而此教材主要以已達TOCFL進階級（B1）之學習者為主，提供基礎級（A2）至高階級（B2）學習者使用，並將臺東富含特色之人文與自然特色結合華語教學，達到國際推廣華語文文化教學為目的，故本教材詞彙、語法等安排皆以TOCFL進階級（B1）為主作為篩選，選符合學習者程度及該景點相關文化詞及專有特色詞彙，讓學習者可藉此景點遊玩之時，學習不同生活華語的景點與文化之相關詞彙，拓展詞彙量，符合教材編寫實用性。而透過認識景點的方式，結合華語與文化教學，以及任務式數位遊戲之規劃與實施，帶領學習者認識臺東，體驗臺東特色文化，達到教材編寫之科學性及趣味性。

此教材分為實體及數位兩部分，實體部分依據當地華語學習需求、華語營隊之文化主題課程，帶領學生實地走訪臺東，認識當地文化，研製紙本教材，而數位部分則針對現今數位學習之趨勢，將教材同時研製成數位教材，設計線上同步課程及非同步課程並著的混成式華語課程，非同步課程影片以及相關課程資及課前課後問答作業、討論區等資料，建置數位學習平臺，放入研製拍攝的同步課程連結以及透過非同步課程影片帶領學生理解當地特色及文化，學習相關詞彙鞏固語法等提升華語程度

外，安排同步課程讓學生與教師線上互動討論，達到跨文化之比較及分析練習，並設置非同步文化導覽影片並安排任務學習單，讓學生即使於線上一樣可以透過導覽方式完成活動任務，達成學習之成效。

3.2 教材編寫架構及理念

此教材共十課，課程架構由臺東九個鄉鎮特色地點：臺東市、知本、南王部落、鹿野、關山、太麻里、池上、都蘭、三仙臺及一個特色民俗文化「炸寒單」為主題，教材各課內容如下：

表1 《樂活臺東089》華語文化教材各課主題說明

課別	課名	在地主題地點	內容與學習目標
第一課	把藝術結合山海——臺東市區	國際地標 鐵花村	1.認識臺東市區知名景點：國際地標、鐵花村 2.使用生詞與句型，更期望能吸引學生來此景點遊玩。
第二課	與大自然共存——知本	臺東大學 知本	1.認識知本特色景點：臺東大學、知本溫泉區 2.並使用生詞與句型，期望能增加學生來臺東大學的動機。
第三課	一起了解卑南族文化！——南王部落	南王部落 卑南遺址公園	1.認識臺灣原住民族特色文化：卑南族。 2.並使用生詞與句型，期望能對臺灣的原住民文化有初步的認識。
第四課	鹿野的美景——鹿野	鹿野茶園 熱氣球嘉年華	1.認識鹿野特色產品與活動：茶園採茶、熱氣球嘉年華 2.並使用生詞與句型，期望能吸引學生來鹿野體驗當地文化。
第五課	走！吃米去。——關山	關山米國學校 關山親水公園	1.認識關山特色產業及自然景觀：米國學校、親水公園。 2.並使用生詞與句型，希望學生對東臺灣的農業與景觀有所認識。

課別	課名	在地主題地點	內容與學習目標
第六課	四季花開的花海——太麻里	金針山 嘉蘭部落	1. 認識太麻里季節特色及原住民族文化：金針山、嘉蘭部落。 2. 並使用生詞與句型，希望學生對臺東四季變化與多元族群有所認識。
第七課	米的故鄉——池上	池上便當 米製品	1. 認識池上米好吃的原因及了解客家文化。 2. 使用生詞與句型介紹臺東美食，並對農業發展及客家文化有更多了解。
第八課	山與海的激盪——都蘭	阿米斯音樂祭 金樽衝浪海岸	1. 認識都蘭國際活動：阿米斯音樂祭、國際衝浪賽 2. 學生能體會臺灣原住民文化的音樂與海上活動。
第九課	神祕的海岸——三仙臺	三仙臺	1. 認識三仙臺地形與名稱由來。 2. 並使用生詞與句型，期望學生能深入認識及了解臺東當地自然風景及文化背景。
第十課	炮炸寒單爺——炸寒單	炸寒單爺	1. 了解炸寒單特色習俗文化及進行方式。 2. 使用生詞與句型，未來期望學生能共同參與臺東獨有的民俗文化活動。

　　每課架構為兩篇小短文、生詞、句型、常用句、任務學習單，小短文每篇掌握在150-200字以內，並依據當課選定兩個景點特色地區主題作為發想，介紹當地之特色景點歷史文化與特色，例如第一課臺東市區為景點，選擇「國際地標」及「鐵花村」做為當課觀光景點主題，介紹臺東自然與藝術創作的密合影響度，以及音樂聚落慢市集特色與發展，了解臺東藝術文化；並於短文中挑選符合程度之生詞、文化詞及句型，生詞及文化詞掌握詞彙量至多八個，讓學習者走訪學習時更能透過中文理解，最後搭配任務學習單，讓學生於導覽學習之時，使用學過之內容（生詞、文化詞、常用句等）與當地人使用中文溝通，將學生丟入母語環境中，提升使用中文口語表達及人際互動之機會尋找資訊，透過

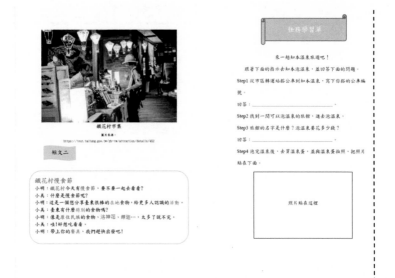

圖1 《樂活臺東089》華語教材內容

　　任務學習單，利用遊戲闖關的方式（以問答、任務步驟等），達成提升聽說讀寫語言技能之效益，並加深對於當地特色文化之認識，完成任務學習單，例如第二課以知本溫泉村為主題，要求學生按造步驟自行搭乘臺東公車至溫泉村買票、泡溫泉、煮溫泉蛋，並記錄搭乘的公車編號、進入哪一家旅館泡溫泉、多少錢、與溫泉蛋拍照此闖關方式完成任務，走進臺東環境學習，達到華語學習與文化學習之成效，並能要求學生完成書面分享資料甚至口頭報告此主題的看見與心得，達到語言輸入與輸出之目的與學習成效。

　　此教材各課主題無連貫性，將各課及活動單獨拆成一課，依據景點主題之需求拆開使用，可隨時選擇任一主題適用，並搭配

客製化旅遊觀光、華語中心文化體驗活動課程、華語短期研習體驗營隊課程搭配使用，此部分以紙本教材為主，讓學生於體驗過中能於紙本中紀錄內容，完成任務學習單，推廣臺東華語教育之時，同時創造外國學習者接觸臺東獨有原住民族等特色文化及傳統文化。

四、線上混成課程之規劃

除上述設計為紙本特色文化華語教材，提供文化體驗活動及華語學習營隊、文化主題課程使用之外，此教材同時研製成線上混成式課程，將教材同時研製成線上課程，以同步互動及非同步學習課程影音及導覽方式進行，同時搭配數位學習之方式，每單元以同步與非同步混成式教學授課，課程時長為兩節同步課程、六節非同步課程，每節課時30分鐘，再另外安排一堂實地走訪課程教學或線上文化導覽非同步課程，完成任務學習，讓學生將單元所學內容與該單元實際景點的方式結合，加深學生學習成效與對臺東各地景點、人文風情等在地特色與之相關印象。以下圖片節錄自單元九：神祕的海岸——三仙臺混成式教案。

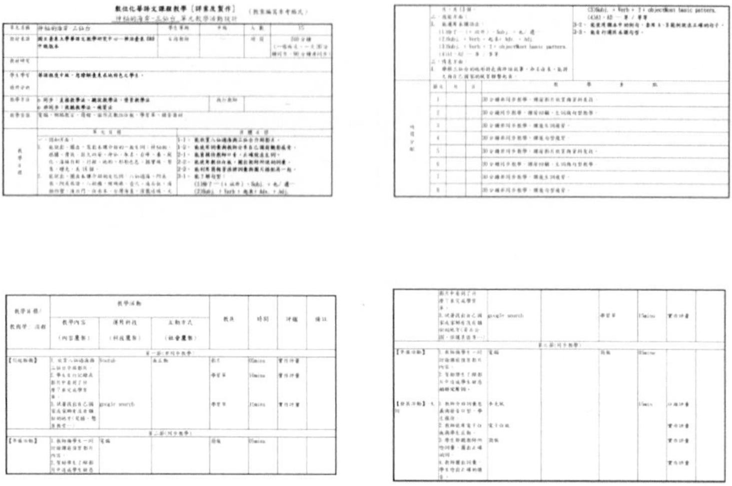

圖2 《樂活臺東089》混成式課程教學教案

　　同步課程以教師教授相關詞彙、語句、發音、架構、句型、情境等，確認學生能說出詞彙正確發音、理解語句用法、擴充學生語言使用語境，並能運用於日常生活對話；非同步課程則搭配線上教學工具，輔助學生學習，如：Quizlet、Kahoot!等數位學習工具，並使用Google Classroom串聯整合該單元所設計非同步課程相關線上資源，讓學習者能自主安排學習時間、反覆使用線上數位工具複習單元內容，除利用Google Classroom整合單元教材學習工具外，整份教材使用Google site整合教材資源單一入口，建置數位學習平臺，整合匯入上述所有相關學習資料（同步課程線上連結、非同步課程影片、相關數位學習服務、討論區、教材補充資料等），方便學習者找出所需學習資源。

圖3　左：《樂活臺東089》Google site首頁，右：《樂活臺東089》Google Classroom
非同步平臺畫面

　　實地走訪課程則將帶領學生實際走訪該單元之景點，或實際
參與文化民俗活動，以闖關方式讓學生自主完成各單元任務學習
單，連結單元內容與真實情境，加深學生學習印象，學生在走訪
參與過程中對臺東在地特色文化能有不同情意技能欣賞，並鼓勵
學生運用單元所學內容表達自身實際參與之感想體悟；若因疫情
或不便至臺灣實際參與走訪踏查，學生可利用景點情境式簡報及
文化導覽影片之介紹，觀看實際景點照片及影片，讓學生在線上
也能感受臺東景點、人文風情特色魅力，並於觀看結束後完成任
務活動（如規劃抵達交通路線、說說此地區特色文化的想法等等
任務安排），即使於線上也能達成闖關完成課程之任務活動。

　　此教材未來將升級規劃成臺東大學華語中心線上亮點課程，
導入華語中心2021年剛啟用之一站式數位教學平臺——CLOK，
籌畫特色混成式課程，將目前使用Google site建置的數位學習平臺
所有資源放入CLOK中，提供線上華語課程學習不同選擇，旅遊
華語不僅是實體課程，也可以透過混成式教學，了解其各國家地
區不同民俗風情，學習相關旅遊景點詞彙語句與文化詞等，將臺
東在地特色、景點文化等透過不同宣傳方式，讓海外學習者能認

識臺灣其他地區；海外學生在網路穩定環境也能學習此教材，同時凸顯線上教學課程優點，不因受疫情影響而受到選擇學習課程需求，待線上課程結束後，期望進而能吸引海外學生來臺實地旅遊體驗及學習，提升學生選擇臺灣東部地區學習華語之意願。

五、結語

《樂活臺東089》透過語言與當地特色文化結合，讓學生一邊體驗臺東特色文化，一邊學習語言，搭配任務學習單，帶領學生走入當地，並研製成特色數位混成式課程，但因此教材僅為研製初階，尚未實施實驗課程，教材文本內容等有待經試驗後修訂完善，本教材、課程、數位平臺等仍持續發展及調整，期盼能於未來持續調整研製，並結合臺東大學華語中心研製的CLOK一站式線上遠距系統使用，發展一套專屬臺東特色景點文化的線上數位學習課程，推動混成式臺東特色文化華語課程至國際海外潛在市場，吸引海外學習者至臺東體驗短程期之特色華語課程，打造臺灣東部夏威夷之華語學習基地，以旅遊為目的，激發學習者的學習興趣，達成深度旅遊及學習華語之成效與目標。

六、參考文獻

1. 江惜美、宋如瑜、李欣欣、林翠雲、舒兆民、張于忻、張金蘭、陳碩文、陳麗宇、廖淑慧、鄭琇仁（2016）。《華語文課程與教學設計》，臺北：文光圖書有限公司。
2. 何淑貞、張孝裕、陳立芬、舒兆民、蔡雅薰、賴明德

（2017）。《華語文教學導論》，臺北：三民書局。

3. 林翠雲（2016）。《華語遠距同步教學實務導引》，臺北：新學林。

4. 施安辛、鄧詩瑩、趙晨妤（2020）。〈賞玩臺灣行旅──以體驗式教學法融入華語課程之設計與實踐〉。第二十屆臺灣華語文教學年會暨國際學術研討會，國立中央大學，桃園市。

5. 陳懷萱、林家盈（2013）。〈專業華語的教學策略──以「臺灣超好玩」為例〉，第十二屆臺灣華語文教學年會暨國際學術研討會，文藻外語大學，高雄市。

6. 陳麗宇（2010）。〈任務型旅遊華語教材編寫設計分析──以臺師大應華系學生臺北縣、市旅遊景點教材編寫為例〉。《中原華語文學報》，6，161-179。

7. 曾妙芬、鍾鎮城（2017）。〈臺美兩地華語教師之任務型教學認知理解與推動現況研究〉。《臺灣華語教學研究》，15，19-51。

8. 舒兆民（2016）。《華語文教學》，臺北：新學林。

9. 廖曉青（2018）。《英語教學法》，臺北：五南圖書出版。

10. 蔡蓉芝、舒兆民（2017）。《華語文教材編寫實務》，臺北：新學林。

探究遊戲化學習理論影響外籍生學習中文態度和意圖的因素

武氏虹華

東華大學華語文教學國際博士班

811009001@gms.ndhu.edu.tw

摘要

　　隨著疫情的影響，遠距教學、線上課程愈來愈普遍，數位學習已然成為全球趨勢；第二語言學習和教學也如此。年輕人的日常生活充滿了社交媒體網站、大量線上遊戲、PC遊戲以及Web 2.0，通過它們人們可以獲取大量的新知識。所以研究者認為一個適用於這群體的學習第二語言方法是教學遊戲化。作為一種教學策略，遊戲化基本上是新的，但它已經成功地應用於商業領域。遊戲化是將游戲元素引入非遊戲環境，以捕捉遊戲中的激勵因素（Bunchball，2010）。因此，學習外語變得越來越簡單，學習中文也通過遊戲化離學習者越來越近。

　　本研究的目的是測試遊戲化在提高外籍生學習中文的態度和意圖方面的作用。透過Google Forms網路問卷（https://docs.google.com/forms/）將問卷內容播佈給受測者（外籍生來臺灣學習中

文）填答，使用遊戲化學習理論進行研究。

遊戲化學習是「將遊戲本身所帶有的『激發積極性』應用於學習活動中，融合人類對於溝通與分享成就的渴望，並透過設立目標來管理學習者的注意力，鼓勵他們採取行動。」（Wood et al., 2015）。遊戲化學習理論是在中介或調節過程中刺激與學習相關的行為，而不會直接影響學習，在某種程度上可以根據學習者感知、理解和利用信息的方式來預測學習者相關的行為。（Zaric et al., 2021）。

本研究採用共同方法變異來檢驗樣本偏差。效度分析和信度分析測試以確保所提出的模型是否顯著。最後一步，使用結構方程模型（SEM）檢驗假設。本研究旨在通過數據收集和分析，探討影響外籍生使用遊戲化學習漢語的態度和意圖的主要因素（感知有用性、感知知識和感知享受）。

關鍵詞：感知有用性，感知知識，感知享受，遊戲化，學習態度，學習意圖

一、文獻探討

「遊戲化」是一個相對較新的術語，尤其是當它與互聯網相關時，而如今它已被廣泛應用於各個方面。遊戲化在二十一世紀最初的十年內獲得了廣泛的認可，當時一些行業參與者將其推廣（Deterding，2011）。遊戲化被認為是一種將游戲設計元素應用於非遊戲環境以改變人們行為的系統（Bunchball，2010），Bakker and Demerouti（2007）將游戲機制應用於非遊戲活動以改

變人們的行為，並將其整合到網站、商業服務、線上社區或營銷活動中，以推動參與。遊戲化被視為一種基於將無線設備與通信形式相結合的技術的娛樂系統（Lule、Omwansa and Waema，2012）。

感知有用性：根據技術接受模型（Technology acceptance model, TAM）和理性行為理論（Theory of Reasoned Action, TRA）（Fishbein & Ajzen，1975），使用一個技術系統會直接或間接受到使用者的行為意圖和態度的影響。Davis、Bagozzi和Warshaw（1989）發現感知有用性是個人使用信息技術或系統意圖的最強預測因素。一些研究發現感知有用性對意圖和態度有顯著影響（例如Davis等，1989；Pikkarainen、Pikkarainen、Karjaluoto和Pahnila，2004；Venkatesh，2000）。然而，Shroff、Deneen和Ng（2011）發現感知有用性對消費者使用電子投資組合系統的行為意圖沒有影響。另一項研究（Li, 2014）認為，在遊戲化背景下，感知有用性是誤導性和多餘的。

感知知識：提出的第一個變革價值是知識。許多人建議將游戲化和嚴肅遊戲用於教育目的（Fu, et al., 2009）。遊戲可能會適應使用者的態度、知識、認知和身體能力、健康或享受方面的若干變化（McCallum，2012）。

感知享受：該術語被描述為一個人在搜索、收集和瀏覽細節以及購買商品時獲得的快樂程度（Nguyen，2015；Xu et al.,2014）。遊戲化元素是影響消費者感知享受的關鍵激勵因素（Aydin，2018；Hassan and Hamari，2019）。通過完成某項任務，消費者可以累積積分並獲得徽章升級，並體驗到快樂、有趣和享受的感覺（Denny，2013；Xi and Hamari，2019）。遊戲化元

素利用這些以遊戲為導向的特性，並將其應用於有助於提高使用者忠誠度的線上購物網站。已經確定，由於遊戲化元素而喜歡執行特定活動的消費者有很高的動機再次重複該活動（Huang and Cappel，2005；Kim et al., 2002）。因此，可以得出結論，與不愉快的相同活動相比，使用者會重複參與愉快的任務。Ha and Stoel（2009）確定，感知享受是消費者線上購物和接受新技術意願的關鍵決定因素。Verhagen and Van Dolen（2011）提到，為了增加收入和使用者保留率，線上零售商應該關注感知享受。

態度：Mohamed et al.（2013）觀察到，如果使用者對食物有所了解，可能會影響他們的態度和購買意願。對品牌的積極態度可能會增加品牌被購買的機會（Kotler & Keller，2008），而消極的態度可能會對使用者的購買意圖產生負面影響（Yao & Huang，2010）。同樣，Allen et al.（2007）發現對網站的態度與對組織的態度呈正相關。據報導，購買意圖與實際行為有關（Ajzen & Fishbein，1980）。Cober et al.（2004）提出求職者對招聘網站的態度會影響求職者對公司的感知形象，進而影響求職者對公司的吸引力。陳兆宇（2018）研究了消費者內在/外在動機對協作消費態度和意圖的影響。結果證明，行為意圖受到愉悅、聲譽和態度的積極影響。通過這些引用，可以看出態度和意圖是密切相關，使用者的態度會影響使用者的意圖。然而，這些結果主要是在經濟方面。在教育領域，有很少證據表明學習者的態度會影響學習者的意圖行為。因此，本研究中態度與意圖的關係也是需要考慮的一點。

意圖：Ajzen（1991）將行為意圖定義為使用者在執行行為時表現出來的意願，常用於預測或解釋使用者的實際行為。這

意味著意圖是決定行為是否發生的關鍵因素。Eisingerich and Bell（2007）和Morwitz and Schimttlein（1992）都認為意圖可以用來預測或解釋事實行為，因此，要預測用戶對某種行為的表現，必須了解用戶對該行為的意圖。使用者參與程度會影響個人的意圖（Ahmad et al., 2010）。Pöyry et al.（2013）在研究過程中研究了社交網站的使用情況，探索了使用者的不同動機、態度和意圖；結果表明，使用意圖可以很容易地掌握目標和網站的潛在價值。因此，如果我們知道使用者的意圖，我們就會有一個未來的方向。在教育方面也是如此。如果老師了解影響學習者意圖的因素，老師也可以在教學方法和方向上做出適當的選擇。這也是本研究想要觀察態度變化是否會影響學習者繼續使用遊戲化學習漢語的意願以及它們之間關係的原因。

根據以上討論，我們建立假設，總結如下表：

表1　研究假說（研究假說彙覽表）

H1	遊戲化對感知有用性有積極影響
H2	遊戲化對感知知識有積極影響
H3	遊戲化對感知享受有積極影響
H4	感知有用性對學習者態度有積極影響
H5	感知知識對學習者態度有正向影響
H6	感知享受對學習者態度有積極影響
H7	學習者態度對學習者中文學習意願有正向影響
H8	感知有用性和態度會調解遊戲化和意圖之間的關係
H9	感知知識和態度會調解遊戲化和意圖之間的關係
H10	感知享受和態度會調解遊戲化和意圖之間的關係

資料來源：研究者自己整理

二、研究目的

— 調查遊戲化對感知有用性的影響

— 調查遊戲化對感知知識的影響

— 調查遊戲化對感知享受的影響

— 調查感知有用性對態度的影響

— 調查感知知識對態度的影響

— 調查感知享受對態度的影響

— 調查學習中文的態度對意圖的影響

— 調查感知有用性和態度會調解遊戲化和意圖之間的關係

— 調查感知知識和態度會調解遊戲化和意圖之間的關係

— 調查感知享受和態度會調解遊戲化和意圖之間的關係

三、研究模式

根據遊戲化學習理論，研究模型如下：

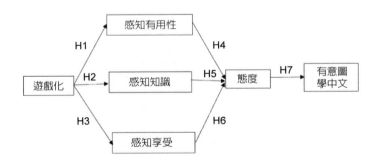

該研究使用線上和面對面調查來收集涉及在臺灣的外籍生學中文的數據。樣本方面，為保證研究質量，預計最小樣本量在500個以上，其中至少100個親自進行，400個在線採集。受訪者預計跨越不同的國家。

　　數據收集：數據通過問卷調查。調查採用Google Docs表格線上進行，該表格將通過電子郵件、信使等方式發放給學習者；而面對面調查則採用面對面的方法單獨進行。調查時間預計在6個月內完成。旨在收集相關數據的調查問卷詳細描述如下：

表2　操作性定義與衡量表

構面	項目代碼	題項
遊戲化（Garcı́a-Jurado et al., 2019）	G1 G2 G3 G4 G5 G6 G7	評論學習中文時獲得積分／投票的方式是可以理解的。 積分／投票系統正確地反映了我對學習中文的評論所做的努力。 學習中文可以獲得的徽章反映了作為學習者所做的出色工作。 可以獲得的徽章是完美定義的。 頂級學習者的排名設計得很好。 當我發表評論時，頂級學習者的排名反映了我的狀態。 我作為學習者的聲譽可以很容易地檢查。
感知有用性（Yang et al., 2017）	PU1 PU2 PU3	這個遊戲有效地讓我開始思考學習中文。 遊戲增加了我對學習中文的熟悉程度。 我發現這款遊戲對學習中文很有用。
知覺知識（Mulcahy et al., 2020）	PK1 PK2 PK3 PK4	遊戲化增加了我學習中文的知識。 我抓住了學習中文的知識的基本思路。 我嘗試將這些知識應用到學習中文中。 遊戲化激勵玩家整合學習中文的知識。
感知享受（Yang et al., 2017）	PE1 PE2 PE3 PE4	這個遊戲學習中文很有趣。 這個遊戲讓我覺得學中文很愉快。 遊戲是我打發閒暇時間學習中文的好方法。 這個遊戲讓我沉浸在一個愉快的學習中文的過程中。

構面	項目代碼	題項
態度（Hsu et al., 2017）	A1 A2 A3	我可以通過這種遊戲化整理自己的感受來學習中文。 我可以通過這種遊戲化了解自己的真實感受來學習中文。 我可以通過這種遊戲化克服我的抱怨或衝突來學習中文。
有意圖學中文（Hsu et al., 2017）	I1 I2 I3 I4	我真的很喜歡使用這種遊戲化來學習中文。 如果我要通過積分獲得免費商品，我的第一選擇永遠是這種遊戲化的學習中文。 如果我能用這個遊戲化來學習中文，我就不會去任何其他可以讓我通過積分獲得免費商品的遊戲。 我相信我會增加我對這種遊戲化的興趣，以便將來學習中文。

使用李克特五點量表（Likert scale），依序給予1至5分。

o 非常不同意

o 不同意

o 普通

o 同意

o 非常同意

　　目前的研究使用線上和面對面調查來收集在臺灣的外籍生學習中文的數據。 數據分析是通過使用兩步結構方程模型（SEM）方法完成的，即測量模型和結構模型。使用SPSS 22和Amos 22對數據進行分析。基本分析使用統計軟體SPSS進行；整體模式採用結構方程模式（Structural Equation Modeling SEM）屬於AMOS軟體進行分析。

四、預期結果

本研究的目的是測試遊戲化在提高外籍生學習中文的態度和意圖方面的作用。更具體地說，本研究旨在找出影響外籍生使用遊戲化學習中文的態度和意圖的主要因素（感知有用性、感知知識和感知享受）。此外，我們可以展示遊戲化對學習中文和一般外語的影響，並提出提高遊戲化學習中文效果的措施。

五、參考文獻

1. Ahmad, N., Omar, A., & Ramayah, T. (2010). Consumer lifestyles and online shopping 2. continuance intention. Business Strategy Series, 11 (4), 227-243.

3. Ajzen, I. & Fishbein, M. (1980). Understanding attitudes and predicting social behavior. Englewood, NJ: Prentice-Hall.

4. Allen, J., Jimmieson, N. L., Bordia, P., & Irmer, B. E. (2007). Uncertainty during Organizational Change: Managing Perceptions through Communication. Journal of Change Management, 7 (2), 187-210.

5. Aydin, G. (2018). Effect of demographics on use intention of gamified systems. International Journal of Technology and Human Interaction, 14 (1), 1-21.

6. Bakker, A.B. & Demerouti, E. (2007). The Job Demands-Resources model: state of the art. Journal of Managerial Psychology, 22 (3), 309-328.

7. Bunchball, Inc. (2010). Gamification 101: An introduction to the use of game dynamics to influence behavior. White Paper.

8. Davis, F. D., Bagozzi, R., & Warshaw, P. (1989). User acceptance of computer technology: A comparison of two theoretical models. Management Science, 35 (8),

9. Denny, P. (2013). The effect of virtual achievements on student engagement. Proceedings of the SIGCHI conference on human factors in computing systems, ACM, Paris, 763-772.

10. Deterding, S. (2011). Gamification: Designing for motivation. Interactions, 7, 14-17.

11. Eisingerich, A. B., & Bell, S. J. (2007). Maintaining customer relationships in high credence services. Journal of Services Marketing, 21, 253-262.

12. Fishbein, M. and Ajzen, I. (1975). Belief, Attitude, Intention and Behaviour: An Introduction to Theory and Research. Addison-Wesley, Reading, MA.

13. Fred D. D., Richard P. B., & Paul R. W. (1989). User Acceptance of Computer Technology: A Comparison of Two Theoretical Models. Management Science, 35 (8), 982-1003.

14. Fu, F.L., Su, R.C. & Yu, S.C. (2009). EGameFlow: a scale to measure learners' enjoyment of e-learning games. Computers and Education, 52 (1), 101-112.

15. Garcı'a-Jurado, A., Castro-Gonzalez, P., Torres-Jime'nez, M. and Leal-Rodrı'guez, A.L. (2019). Evaluating the role of gamification and flow in e-consumers: millennials versus generation X. Kybernetes, 48 (6),

1278-1300.

16. Ha, S., & Stoel, L. (2009). Consumer e-shopping acceptance: Antecedents in a technology acceptance model. Journal of Business Research, 62 (5), 565–571.

17. Hassan, L. and Hamari, J. (2019). Gamification of e-participation: a literature review. Proceedings of the 52nd HI International Conference on System Sciences, University of HI, Manoa, 3077-3086.

18. Hsu, C.-L., Chen, Y.-C., Yang, T.-N., & Lin, W.-K. (2017). Do website features matter in an online gamification context? Focusing on the mediating roles of user experience and attitude. Telematics and Informatics, 34 (4), 196–205.

19. Huang, Z. and Cappel, J.J. (2005). Assessment of a web-based learning game in an information systems course. Journal of Computer Information Systems, 45 (4), 42-49.

20. Kim, K.H., Park, J.Y., Kim, D.Y., Moon, H.I. and Chun, H.C. (2002). E-lifestyle and motivation to use online game. Irish Marketing Review, 15 (2), 71-77.

21. Kotler, Philip & Keller. (2008). Manajemen Pemasaran. Jakarta: Erlangga.

Li, C. (2014). Evaluation of a theoretical model for gamification in workplace is context. Doctoral dissertation. University of British Columbia.

22. Lule, I., Omwansa, T., & Waema, T. (2012). Application of technology acceptance model (TAM) in MBanking adoption in Kenya. International Journal of Computing and ICT Research, 31-43.

23. McCallum, S. (2012). Gamification and serious games for personalized health. Study Health Technology Information, 177, 85-96.

24. Mohamed, Z., Shamsudin, M. N., Rezai, G. (2013). Consumers' awareness and consumption intention towards green foods. African Journal of Business Management, 6 (12).

25. Morwitz, V. G., & Schimittlein, D. (1992). Using segmentation to improve sales forecasts based on purchase intent: Which "intenders" actually buy? Journal of Marketing Research, 29: 391-405.

26. Mulcahy, R. F., Zainuddin, N., & Russell-Bennett, R. (2020). Transformative value and the role of involvement in gamification and serious games for well-being. Journal of Service Management, ahead-of-print (ahead-of-print).

27. Nguyen, D. (2015). Understanding perceived enjoyment and continuance intention in mobile games. Doctoral dissertation, Aalto University, Finland.

28. Pikkarainen, T., Pikkarainen, K., Karjaluoto, H., & Pahnila, S. (2004). Consumer Acceptance of Online Banking: An Extension of the Technology Acceptance Model. Internet Research, 14, 57-63.

29. Pöyry, E., Parvinen, P., & Malmivaara, T. (2013). Can we get from liking to buying? Behavioral differences in hedonic and utilitarian Facebook usage. Electronic Commerce Research and Applications, 12 (4), 224-235.

30. Shroff, R. H., Deneen, C. C., & Ng, E. M. W. (2011). Analysis of the technology

31. Venkatesh, V., & Davis, F. (2000). A theoretical extension of the

technology acceptance model: Four longitudinal field studies. Management Science, 46 (2), 186–204.

32. Verhagen, T. and van Dolen, W. (2011). The influence of online store beliefs on consumer online impulse buying: a model and empirical application. Information & Management, 48 (8), 320-327.

33. Wood, L. C. and Reiners, T. (2015). Gamification. In M. Khosrow-Pour (Ed.), Encyclopedia of Information Science and Technology, 3039-3047.

34. Xi, N. and Hamari, J. (2019). Does gamification satisfy needs? A study on the relationship between gamification features and intrinsic need satisfaction. International Journal of Information Management, 46, 210-221.

35. Xu, J., Benbasat, I. and Cenfetelli, R.T. (2014). The nature and consequences of trade-off transparency in the context of recommendation agents. MIS Quarterly, 38 (2), 379-406.

36. Yang, Y., Asaad, Y., & Dwivedi, Y. (2017). Examining the impact of gamification on intention of engagement and brand attitude in the marketing context. Computers in Human Behavior, 73, 459–469.

37. Zaric, N., Roepke, R., Lukarov, V., & Schroeder, U. (2021). Gamified Learning Theory: The Moderating role of learners' learning tendencies. International Journal of Serious Games, 8 (3), 71–91.

新冠疫情時代下的兩岸對外華語線上教學研究
——以越南學生為例

黎氏清河

國立東華大學華語文教學國際博士班

lethanhha27.ussh@gmail.com

摘要

自從2019年12月底中國大陸武漢出現不明原因的肺炎，新冠肺炎疫情爆發已快兩年，不僅對全球教育與學習場域有嚴重的影響，包括華語文教學在內，對華語文教學的未來發展影響亦相當深遠。根據聯合國教育、科學及文化組織的統計顯示，在2020年5月25日止，全球停課達143國家數，1,184,126,508位受影響學生人數，占註冊學生總數比例的67.6%[1]。

越南目前在疫情爆發情境下全國採取大規模的停課措施，以及全部上課採取遠距教學或線上學習，均已造成學習上的困難及挑戰。特別是對出國留學有興趣的越南學生，選擇到中國大陸或

---

[1] 2020年12月（214期）p01-09，教師天地「新館疫情時代的未來教育發展」https://quarterly.tiec.tp.edu.tw/Preview.aspx?ItemId=522。

臺灣學習中文也碰到很多障礙，甚至無法出國留學。面對此一波疫情，兩岸對外華語教學根據教學計畫借助多樣化的網路資源及教學平臺，積極進行線上教學。本研究通過對正在學習華語的越南學生進行調查研究和分析資料，歸納越南學生運用兩岸對外華語文教學線上求學。收獲線上教學成果的同時，也發現線上教學中的優勢和存在不足。在學習中反思並進一步找到解決辦法，從而提升兩岸華語文教學質量和越南學生學習華語的效率，成為現實教學的重要任務之一。

　　本研究聚焦於華語文教學於疫情下的實證研究探討，希望對於在學的越南學生有一些參考的價值，至少不至於導致學生學習華語機會的損失，並從中發展出更具方便、友善及有效適合於科技、遠距和對外華語教學的學習模式，作為一種國際學校華語教學補充之用。

關鍵詞：新冠疫情、兩岸、華語文教學、越南學生

一、緣起：研究背景

　　近年來由於中國經濟的強勢影響，中國在世界經濟文化交流中扮演著越來越重要的角色，了解中國是最有效掌握中文的途徑，全球瘋起了一股中文學習的熱潮，世界各國都逐漸的開始重視中文，聯合國大會將中文列為聯合國的6種法定工作語言之一，其影響力與國際間的交流自然不容小覷。越南是位於東南亞的中南半島的國家，北鄰中華人民共和國，越南為東亞文化圈之一。

從前207年秦朝末年或前111年-40年的西漢時期到1427年屬明時期，越南被中國朝代統治總共四次，中國對越南長達千年多的統治對越南留下了重大的影響，漢字就傳到了越南。在北屬時期，中國使用漢化政策為了統治和同化越南人民，傳播中華文化改變人民的思想，所以無論是官方還是民間，漢字都是正式的書寫系統，越南的文人由於深受儒家文化的影響非常不重視發展字喃，唐宋時期越南人根據越南語的特點參照漢字字型創造了字喃。在十九世紀時，由於越南成了法國的殖民地，在法國人的推廣下，拉丁字母越來越逐步普及開來，因大家都認為漢字難寫難認，影響到越南的文化教育的發展。1919年，越南正式廢除漢字，就是廢除科舉制度的政策，官方不考文言文學習漢字就沒必要了。可是1919年以後在越南的漢字教育還存在，在越南的街道上仍然有很多人可以看到漢字。到1945年以後，越南全面停止漢字教育，只有一部分越南的華人與子孫自己開班教漢字而已。從二十世紀到現在，學習及掌握中文就是經濟全球化的必然趨勢，也是一股不可阻擋的潮流。

　　現在的越南年輕人都看不懂越南十九世紀以前的文學作品、史書及各種材料，越南的年輕人不懂漢字就不能了解詞根與老祖宗留給我們最寶貴的財產。從此，隨著越南經濟發展和全球化進程的加速，目前越來越多的越南人選擇學習中文。在越南國內學習中文，大部分都不能滿足學習者的要求。很大一部分越南籍學生都選擇與越南毗鄰的國家中華人民共和國（大陸）與中華民國（臺灣）。中國教育部數據顯示，2017年共有48萬9200名外國留學生在中國高校學習，規模增速連續兩年保持在10%以上，中國成為亞洲最大留學目的國。來自「一帶一路」沿線國家的留學生

達到31萬7200人，佔比64.85%，增幅達11.58%，高於各國平均增速。越南是「一帶一路」沿線國家，據不完全統計，目前約有1萬4000名越南留學生在中國學習生活[2]。另外，臺灣是一個美麗的地方，不僅經濟發展、交通方便，特別是教育領域的質量很高。臺灣與越南之間有悠久良好的經濟投資合作關係，為了提升經濟合作效益，雙方更注意教育合作及培訓企業需要的人才。從2007年起，臺灣教育部開始實施「臺—越華語文教學合作計畫」，到2016年繼續推動新南向政策之際，越南很久以前自然成為臺灣華語文教育產業輸出的重點國家。根據中華民國教育部〈新南向人才培育計畫〉統計2019年有17,421位越南學生來臺灣留學，比2017年提升42%。[3]

　　自從2019年12月底中國大陸武漢出現不明原因的肺炎，新冠肺炎疫情爆發已快兩年，在短短的一段時間裡全球範圍內的環境和形勢發生了巨大變化。新冠疫情肯定對中文教學帶來顯性或隱性的，直接或間接的，短期或長期的，負面或正面的影響，還有可能使這一事業的發展處於較長的平臺期，出現辦學實體減少，入學人數下降，辦學「熱區」轉移，學習方式變革，一些教學資源閒置，一些人士的求學願望不能滿足等種種問題。越南展開中文教學的各所學校及單位中心都用著「停課不停學」的宗旨改為線上教學，這對之前習慣的師生面對面授課方式無異於是一個新的桃戰。因越南的新冠疫情的情況越來越複雜，使國內外師生以了解越南學生對華語文學習情況及兩岸如何在新冠疫情下確保國

---

[2]　孫靜波（2017）。《2017年48.92萬個外國留學生在中國高校學習》，中國新聞網。
[3]　中華民國教育部〈新南向人才培育計畫〉https://www.edunsbp.moe.gov.tw/overview_students1001.ht

際華語文教學繼續蓬勃發展的方向，兩岸對外華語線上教學對於求學華語的越南學生有哪些異同及疫情帶給對外華語線上教學哪些正面和負面的影響，目前已成為國際華語文教學的重要課題。

二、兩岸對外華語主流線上教學的現狀

疫情的傳播使兩岸對外華語教學都受到了不同程度的影響，疫情給越南學生來兩岸求學以及對外華語教學工作也帶來了極大的影響，同時也給越南華語學習者、華語國際教師帶來了極大的挑戰。疫情之下、國際航班停飛、邊境大部分關閉、禁止各國人員往來等情況的出現，使越南學生到兩岸來學習華語在短長時間內成為不可能。越南學生學習華語安排被打亂，授課形式、教學方式、教學內容都必須以適應網上教學，借助網路進行華語學習成為唯一的、必要的選擇。臺灣和中國大陸政府對於對外華語教育交流的模式將發生改變，兩岸對外華語線上教學對於求學華語的越南學生會有一些異同的方面。本文透過收集材料及採用訪談的方法來發現問題、分析問題及設計調查問卷。調查問卷共設計8個問題，6個封閉式問題和2個開放式問題。共有來自越南河內國家大學所屬人社大學中文系二年級的32位越南學生參與答題，其中有32位只學習華語簡體字，還有19位共同學習華語的正—簡體字。

2.1 臺灣對外華語文線上教學現狀

臺灣華語文學習者遍布全球，以教授外籍生華語、培訓海內外華語教師為主要任務的應用華語文學系首當其衝，在疫情之

初因邊境封鎖無法到課，當下得立刻解決讓學習華語的越南學生線上到課的問題。網路線上教學就是教學方法之一。本研究通過河內國家大學所屬人文社科大學中文系第二年級的A學生進行調查，他針對巨型開放式線上課程、小規模課程及社群媒體對高等教育影響提出意見，線上和遠距學習帶來了相當方便的影響性，讓學生更容易接觸各種類的知識。透過收集兩岸期刊及華語文正體字線上學習的調查，目前許多越南學生都能透過線上同步教學、線上軟件上課及YouTube和Facebook等直播平臺學習華語。

2.1.1 線上同步教學

由於教室配有攝影機，教師能在打開電子白板後直接運用Google Meet、Zoom、Microsoft Teams或Webex等線上同步教學平臺授課，線上學生能夠通過直播軟體觀看到完整的華語教材影像及教師於電子教材上的所有註記，也能通過攝影機看到教師講課的動作與神態。在不改進教學模式的前提下，越南學生能透過攝影機及電腦之桌面分享清楚看到教師及教材，並運用麥克風說話提答及打字回應等方式，能與教師互動。在華語口語教學內容上，教師可以自行選擇，自備課件，通過分享文件或分享屏幕的模式呈現給學生，並且學習生詞，通過不同的方法如講解，講解時可通過提問讓學生使用生詞進行回答，也可以讓學生用生詞造句，非常適合作為線上華語聽力及口語課程教學的主要形式。對外華語口語教學對互動性要求高，因此適宜採取以同步教學為主的線上華語文教學。

2.1.2 線上錄播軟件教學

　　臺灣的高等教育近幾年亦興起MOOC（磨課師）潮流，MOOC是一些線上平臺上已經錄好了的或正在進行中的課程資源。目前許多大學華語文課堂傳至MOOC平臺，希望讓更多對學習華語有興趣的越南學生能藉由網路及開放式線上課程的便利性，更容易接觸語言知識，其中不乏一些名師的精品課程。根據訪談結果，越南學生都認為MOOC的視頻中穿插與課堂相關的練習可突出教學重點，可以與其他高校教學資源進行共享，便於學生自主學習，同時MOOC軟件可以收集學生學習與教師教學的數據進行分析反饋，便於教師改進和完善課程，學生自己調整學習方法與時間安排。EverCam在疫情期間都是軟件免費，華語教材的音質和畫質比較好，用手機也可以分享屏幕使用，學生可以通過鏈接快速進入課堂，也可以設置「簽到」、「舉手」等操作進行互動，語音互動需經教師端操作後方才能發音，使課堂更有順序，同時不支持後臺運行，提高學生聽課質量。線上軟件教學，對於預習的任務，老師可以錄製教學視頻，在視頻裡對下堂課要學習內容的話題進行介紹，對生詞和課文進行朗讀和講解，這相當於教師自製的錄播華語文閱讀及書寫課。這樣做能將課堂傳授知識前移，優化學習內容，引導越南學生自學，讓學生從被動學習轉化為主動學習。

2.1.3 直播平臺教學

　　近年來，直播已成為全球經濟和社會發展的現象，其中有YouTube和Facebook（臉書）平臺都急速成長。越南學生大部分都

選擇在YouTube和Facebook上自學臺灣的語言及文化。越南學生通過母語者知道教學華語的視頻之外，還可以向臺灣華語教師模仿學習及提高華語能力。河內國家大學所屬人文社科大學中文系二年級的B學生認為直播平臺所提供的互動機制能讓越南學生增加彼此與平臺營運主之間的聯絡與互動，從而提高學生留下並持續參與的意願。在數位科技快速發展的現在即將進入2020年5G廣泛應用的新世代，使校園建築與設施更具人性、便利、高效和智慧化，朝向智慧校園大步發展，所以愈來愈多越南學生利用手機版上網自主學習。YouTube具備直播軟件，可將整合後畫面直播之串流平臺，以開放式課程的方式吸引華語學習者線上觀察的、議題，並以文字回饋課程內容。在疫情時期後，臺灣教師將運用課室直播技術，讓線上教學和實體教學響應互動融合，直播串流媒體對華語文教學產生了巨大影響，也就是傳播彈幕聊天討論區能吸引直播觀看的學生群眾。河內國家大學所屬人文社科中文系C學生認為直播課程有很大的優點，除了能讓越南學生不用被學校空間限制，還能提供給學生更好的的互動品質與華語多元化教材。由於YouTube和Facebook上的政治及內容在中國大陸受到過審查，所以從2009年至今兩個網站平臺亦被大陸政府和教育機構自行封鎖，讓越南學生大部分都便於運用YouTube和Facebook學習臺灣華語的繁體字，將越南學生有更多機會透過學習正體字去了解中華文化的精微、優美、豐富的多元。華語綜合課、文化課程運用YouTube作為直播平臺，該平臺在許多越南生中實證了其高效率及高互動性，直播後的影片能立即與學生分享，作為課後複習或重覆觀看的內容。

2.2 中國對外華語文線上教學現狀

　　為了在疫情時代響應中國教育部「停課不停教，停課不停學」的號召，中國各所大學積極開展在線教學模式探索，為國內外學生創設居家學習的條件，努力使他們能夠把握知識、完成學業、溝通思想及獲得重要性成效。中國教育部中外語言交流合作中心推出了「中文聯盟」數位化雲服務平臺，支持中文教育企業推出「網路中文課堂」，「中文學習測試中心」等項目。特別是「一帶一路」倡議實施以來，學習中文已經成為世界的風尚，隨著來中國越南籍生的日益增多，然而新冠疫情使得很多越南學生不能繼續來中國學習、深造，暫時擋住了他們求學的腳步。從2020年亦是中國-越南數位化經濟合作年，在此背景下的中國-越南教育共同體建設適應雙邊關係變化，積極開展在線國際中文交流、在線資源共享、在線教學服務等「數位化教育交流」。特別以孔院為例，孔子學院在疫情期間總部加大了對各國摩課師、微課等網路資源提供，全球最大的網路華語文教學平臺「中文聯盟」已推出規定列示範課、精品課等，提供給越南學生在線上許多中文獎學金，鼓勵無法出境留學的越南生就居家線上學中文，網路教學現在不僅是兩國教育交流的機會也是為越南學生解決因疫情不能來中國學習的問題，傳統的教學理念、教學方法、教材等已經不適合現今的新問題，這給華語文教學提供了改革創新的平臺。目前中國華語文的線上教學主要有直播課、錄播課及社交軟件互動教學三種形式。這三種形式各有優勢，具體對華語教學的每個班級和專業可以結合兩或三個形式的優勢，為了帶來線上教學能力的提高，能更好地適應未來課程改革的大趨勢。

2.2.1 線上的直播課

　　中國華語教學的教師通過WeChat、Zoom、QQ群課堂、Microsoft Team、Google Meet等軟件為越南學生開展直播在線華語課。直播課是在這些線上軟件上實時進行授課，通過實時的發音、語音及漢字互動實現即時交流，通過打開攝像頭，相互之間可以看到頭像，能拉近中國老師與外籍生、越南學生之間的距離，聽覺和視覺的結合使得華語教學直播課在互動性上有最大的優勢。關於本文在線教學華語平臺選擇的訪談問卷中，大部分越南學生希望教師使用Zoom軟件進行授課。Zoom是一個世界上將移動協助系統、多方雲視頻交互系統、在線會議系統三者結合的一站式交互視頻技術服務平臺。華語聽力與口語類包括《口語》《中級漢語視聽說》《現在漢語語音》的學習包括講和練兩部分。講解部分，教師通過熟悉的情景啟發越南學生說出詞語及句子，和學生一起歸納總結語言點的結構，教師著重強調各語言點使用的要點、方法等。練習部分，設置看圖說華語句子、完成交流句子等各種形式的練習讓學生參與其中。直播文學漢字類有《漢語中級讀寫》《當代名家名作賞析》《中國概況》，老師都先領讀，再點幾組學生分角色朗讀、提問，檢測學生是否了解課文。整個教學過程都是通過提問和回答來推動的，確保學生都在線。除直播教學軟件，中國教師還需要選擇其他的平臺來補助教學。

2.2.2 線上的錄播課

　　越南國際學生的華語學習，僅通過「單向直播+文字互動」

是不夠的，現在中國一般採用「雙管齊下」的方法：一方面是使用可直播的軟件進行網上授課，方便師生直接交流討論；一方面是華語老師自行錄課並佈置相應的練習，然後傳導雲平臺（App），可供學生在任意時段自主學習。根據訪談調查，大部分越南學生都適用中國大學MOOC（摩課師）、超星學習通、網易公開課等系統自主學習華語。華語教學錄播課分為兩種，第一種是一些線上平臺上已經錄好了的課程資源，這類錄播課不能作為線上課程的主要資源，只能當作補助性的資源搭配使用；第二種是教師根據教學需要自行錄製的課程，錄播課則非常靈動，可供學生反覆觀看學習，但由於可控性較弱，無法互動，也適合作為教學補助形式。中國華語錄播課大部分給越南學生佈置作業，有超星學習通的越南學生可以直接在該平臺裡完成作業，不只抄寫生詞、讀生詞課文、將錄音發送至平臺或教師，這樣的作業不僅能鞏固所學的內容，還能確保越南學生本人完成，不容易作弊。而且為達到全方位提升國際教學效果，有的老師有「中國大學MOOC+網路在線答疑+微信留言交流」，以《速成中文語法課題》教學為例，在講授語法的同時，兼顧中國文化的普及，以中國社會、文化題材為主，將語法項目的使用和學習融入真實的文化語境，激發越南學生的學習興趣。

2.2.3 社交媒體教學

中國對外華語教學通過Wechat（微信）、TikTok（抖音）、新浪微博、騰訊課堂等都叫做媒體軟件為學習華語的越南學生解答疑，華語線上教育最大限度地保證了世界各地對外華語教學的持續開展。絕大部分華語教師都利用微信的交流功能來開展對外

華語教學。師生間、生生間可以通過私聊或群聊的方式來進行華語對話練習，提升越南學生的漢字認讀能力和語言交際能力。教師特別通過微信群將對外華語線上資源如「國際漢語資源中心」、「漢語角」、「中文堂」等分享給學生。另一方面，微信、抖音與日常生活密不可分，現在很多人都是手機不離身，這樣不僅可以減輕學生學習華語的壓力，還可以提高學生學習華語的自覺性和自主性。在運用微信、抖音社交群體的對外華語材料，越南學生即時接觸到最新的語言現象或網路中收集各種資源學習，如抖音幫助華語學習的圖片、視頻、短片和語音等，這就使越南學生學習華語的資源從單一的教材擴展到了生活和應用，讓越南學生能夠更全面地了解中國語言與社會的關係。微信、抖音是中國當前使用最為廣泛的交流方式，人們的日常生活和交際已經離不開這些平臺。

2.3 對外華語線上教學的需要調查

線上對外華語教學需要的調查，約30.6%越南學生較為感興趣，40.1%的越南學生一般感興趣，19.3%越南學生非常感興趣，10%的學生不感興趣。約有40.6%的越南學生喜歡錄播課的各種平臺授課，59.4%的學生喜歡直播課，還有99.9%的學生都喜歡使用社交各種軟件補助學習華語。41.4%的越南學生認為線上華語教學收穫大，58.6%的學生認為實體教學收穫大。43%的越南學生認為線上教學效果好，57%的學生認為實體教學效果好。

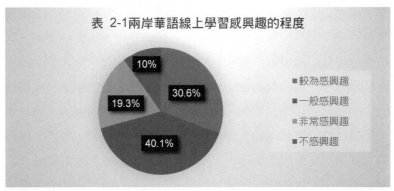

表 2-1兩岸華語線上學習感興趣的程度

- 較為感興趣
- 一般感興趣
- 非常感興趣
- 不感興趣

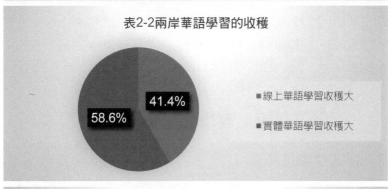

表2-2兩岸華語學習的收穫

- 線上華語學習收穫大
- 實體華語學習收穫大

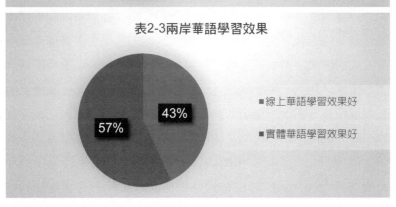

表2-3兩岸華語學習效果

- 線上華語學習效果好
- 實體華語學習效果好

根據以上的調查可以看出，華語線上教學在一定程度上吸引了越南學生的學習興趣，學生並不只依賴在教室或教師授課，自己也能在華語教學錄播課和社交平臺學習新知識、複習舊知識，可是越南學生還是覺得實體教學優勢大、學習效果明顯，收穫比較大。在新冠疫情時期下，世界上的數位技術不斷發展，越南學生都隨著數位時代認知華語教學在未來發展的趨勢，他們不僅喜歡在線上課程時聽教師講授，而且作業和測試也比較受歡迎。從學習效果來說，越南學生認為自身、課程和教師是影響學習效果的主要原因，線上教學平臺也是影響教學的次要因素，最後家裡的學習設施（網路不好、網速不流暢、電腦舊版）也是常見的影響因素。

三、兩岸華語線上教學的優勢

3.1 師生互動性增強

　　兩岸對外華語教學屬於語言教學的範疇，強調教師與外籍生的互動，線上教學是動態的教與學的過程，它提供了多種教學互動方式與環境。華語線上教學的優勢之一，就是可以隨時隨地提問、留言，遇到不懂的問題越南學生可以直接向中國、臺灣老師請教或留言，然而學生與教師的文化與性格多有差距。已經掌握好知識的越南同學，可給其他同學幫助解答並傳授學習方法與經驗，能使學生對華語學習的內容更加便於掌握，學習氣氛更加放鬆與活潑，學習的態度也更為熱情，最終能夠達到理想的學習效果。

3.2 學習途徑的增多

越南外籍生可以預先觀看課上的教學材料，材料不僅有視頻課、PPT、電子版的教科書等，學生獲取知識的方式和含量增多了，得到了無限延展。如果在課堂上碰到學習內容難以理解，除了直接向老師提問，還可以即時上網查找答案，因為網路的容量超大，可滿足不同學生的需求。教師能在網路上尋找名師的視頻課，更吸引學生的注意力，這是在網路課堂上很容易做到的。

3.3 學習方式的靈活

越南學生可以等老師把學習內容提前佈置到網上完成，自主找時間或安排更多時間把華語教學內容延展開來，跟同學討論與實踐。若學習華語水平不好的同學，將得到更多的時間去複習學習過的知識，反覆練習，分期掌握每一個知識點，根據自己的學習能力和認知能力選擇適合的學習方法和時間，同時有的越南學生採用「摩課師學習+線上同步詳細授課+課後作業評改」相結合的學習模式，有的學生採用「線上+線下+微信群+Facebook直播平臺會議」相結合的學習方案，有的學生採用以「線下閱讀+教師導學+自學+師生共學+課後作業+延伸補學」為鏈條和主線的學習思路等。

3.4 培養學生自主學習能力

在新冠疫情時代下，自主學習能力已成為適應社會的必備素質，在傳統學習中，學生很難實現真正意義上的自主探究學習，而在往例的教學中，越南學生可以自主查閱中國和臺灣的政治、

歷史、文化及老百姓在生活中的信息，收集自己需要的資料，分析和解決問題，從而把學生培養成終身學習的人才，這是教育領域中十分倡導的，能夠提升學生的素質。

四、兩岸對外華語線上教學中凸顯的問題

雖然兩岸在對外華語的線上教學上積累了一些教學方法和經驗，取得了一定成效，但現階段仍然顯出不少問題。

4.1 如何能更有效地展開考試

目前在線考試平臺還沒解決好「替考」的問題，老師將試卷發放在群裡，雖然給學生設置時間限制的方式約束學生，但他們在收到試卷以後可以分享給中國或其他朋友幫忙完成，那麼這個考試對於學生而言就能容易拿到高分，但教師無法通過技術手段分辨出來。對於兩岸對外華語知識的考試，理論上應該是閉卷考試才更有說服性，但是在線上無法控制學生。如何設置開卷或閉卷考試，如何避免作弊、如何能判定作弊等行為，那就是教師在面臨的新壓力。

4.2 教師的工作量大及壓力多

線上對外華語教學對很多教師來說是「新手」上路，面對的又大都是遠隔重洋且華語不太熟練的初級華語的越南學生，不得不臨時突擊學習線上教學平臺的下載及使用，學起來不易，熟練運用更有難度。為了保證對外華語教學的效果，教師需要結合使用多個平臺。除了直播課時有大量的課堂提問和回答情況以外，

教師要注意了解每個學生的課堂表現。線上測試成績需要記載，要把學生每次考試的成績整合到一個表裡，老師要看某個學生幾次測試成績的橫向對比。還需要教師自己單獨統計出來。最後，作業也要記載，要把各個平臺的作業收集起來，看完成質量。以上這些各個環節全部都分散在不同的平臺，需要把這些數據全部整合起來，工作量非常大。

4.3 網路條件存在問題

　　線上教學是通過網路的媒介得以實施，若網路存在不穩定，有時候會有一些突發情況而我們不可控的。如果在一堂華語直播課，教師的網路經常出現延遲、卡頓，越南學生就會失去學習耐心和興趣，注意力轉向其他的社交軟件。不要因為外部條件的不充分，造成學生聽課效果不佳，授課環境要盡量保持安靜，不讓學生的注意力被分散。

五、思考與建議

5.1 構建高效的網路平臺

　　為了實現兩岸對外華語教學模式的轉變，可以利用網路信息技術，研製開發對外華語教學的相關多媒體資源、多媒體教材和課件等，將這些資源上傳到對外華語教學網站，以期來提升網站的華語水平能力。透過外籍生的學習要求建設對外華語教學網站，集中教學資源，同等規劃，建成全國至世界範圍內的信息資源庫。目前，要對華語教學資源以及學習資料庫進行建設與完善，讓師生能在裡面找到自己需要的教學資源，提高學習與教學水平。

5.2 轉變教學觀念，強化對外華語教師線上教學知能培訓

首先教師要轉變教學觀念，要更優化課堂設計，將講授時間盡量控制在有效學習時間內。其次，將多媒體技術的使用能力納入對外華語教師能力評估體系，通過組織摩課師、翻轉課堂的培訓和演練，開展線上教學課程比賽等方式，促使教師不斷提高線上教學的技能。

5.3 開發數位化的對外華語教材

對外華語線上教學電子教材的編寫要遵循知識性和教學性相統一的原則。在內容編寫上可以向一線優秀的對外華語教學約稿，將教師線上授課的經典講義、優秀習題、生動案例及課堂互動設計等在線課程資源融入數位化教材的編寫中。此外，在華語教材編寫中，可以針對越南學生設計與越南語相注釋的金融電子課、教學方法的專業化、立體化、系統化的數位教材。

六、參考文獻

1. 孫德金（2006）。《對外漢語詞彙及詞彙教學研究》，北京：商務印書館。
2. 張莉萍（2002）。《華語文能力測驗理論與實務》，臺北市：師大書苑出版。
3. 沈旭暉（2015）。〈孔子學院v.s.臺灣書院〉，《亞洲週刊》，第29卷第13期。

4. 廖箴（2012）。〈兩岸海外漢字推廣的競與合〉，《國家圖書館館刊》，第2期。

5. 陳茜（2013）。〈臺灣國語推行現狀與國語推廣方研究〉。南開大學博士論文。

6. 信世昌、李希奇、方淑華、李郡庭（2011）。〈臺灣華語教師之教學環境及滿意度調查：十年來之變化發展分析〉，《臺灣華語教學研究》，第3期，頁1-32。

7. 彭漣猗（2011）。〈多元融合 臺灣魔力〉，《遠見雜誌》第300期。

8. 范毅軍（2011）。〈臺灣推動華語文教育之關鍵問題及解決策略研究〉，國立臺南大學教育經營與管理研究所博士論文。

9. 吳艾芸、葉潔宇（2015）。〈在臺學習華語的外籍學生對於兩岸華語口音之看法初探〉，國立政字大學碩士論文。

10. 陸儉明（2011）。〈全球漢語熱背景下的兩岸漢語學界合作的內容和思路〉，《北京大學中國語言學研究中心中文系期刊》。

11. 《兩岸常用詞語》臺灣版於2012年8月13日在臺北正式發佈，由臺灣中華文化總會出版。《兩岸常用辭典》大陸版於2012年9月4日在北京正式發佈，由高等教育出版社出版。

12. 鄭天香（2010）。〈越南漢語教學情況簡介〉，孔子學院：https://wenku.baidu.com/view/329156fff705cc1755270945.html

13. 國家語言文字工作委員會，隸屬中華人民共和國教育部（2015），http://www.moe.edu.cn/publicfiles/htmlfiles/moe/s229/201503/185272.html

14. 對外華語教學能力認證考試（2015），由臺灣教育部

兩岸及國際教育司主辦，http://www.edu.tw/pages/list.
aspx?Node=4030&　Index=3&wid=409cab38-69fe-4a61

15. 孫靜波（2017）。《2017年48.92萬個外國留學生在中國高校
學習》，中國新聞網。

附錄、調查問卷表

後疫情時代下兩岸對外華語線上教學調查表
──以越南籍學生為例

第一部分：個人信息

1. 性別：男□　女□

2. 你學華語多久了？

　　A 1-2年　　B 3-4年　　C 4年以上

3. 你學習中國或臺灣的對外華語？

　　A 大陸簡體字　　B 臺灣正體字　　C 一起學正簡體字

第二部分：線上對外華語學習

1. 在疫情影響下，你進行線上學習還是實體學習？

　　A 線上學習　　B 實體學習

2. 臺灣線上對外華語文教學使用哪些平臺和軟件？

　　...

3. 中國大陸線上對外華語文教學使用哪些平臺和軟件？

　　...

4. 你喜歡線上華語文教學的那個方式？（多選）

　　A 直播課　　B 錄播課　　C 社交軟件交流

5. 你對線上華語教學有感興趣？

　　A 非常感興趣　　B 感興趣　　C 一般感興趣　　D 不感興趣

6. 你認為：

　　A 線上華語學習收穫大　　B 實體華語學習收穫大

7. 你認為：

A 線上華語教學效果好　B 實體華語教學效果好

8. 你認為遠程交互式華語課堂的優點和存在問題，你對線上華語教學有什麼要求和建議？

···

中文會話中「所以」的回應功能初探及教學應用

林亦婷

臺灣師範大學華語文教學系研究生

yyiittii@gmail.com

摘要

　　本研究根據電視節目訪談中的真實會話語料歸納「所以」的回應功能，選用兩集訪談節目中的會話作為本研究真實語料來源。研究選用的訪談節目是由方念華主持的《看板人物》，這兩集節目標題分別為「米其林名廚江振誠：完美不是功成名就，而是放下（看板人物精選）」及「賈永婕三鐵美麗人生，脫胎換骨（看板人物精選）」。

　　言談標記（Discourse Marker）是語用學（Pragmatic）中的一個熱門研究議題。「所以」的語用研究在近年也備受討論。本研究搜集節目中的「所以」，加以歸納出真實語用中「所以」的語義及語用功能。

　　本研究歸納出下列結果：「所以」用來陳述因果關係、下結論、或是進一步解釋時，常置於話輪之中間位置，其語用功能

為引起注意、穩住自己的發言權。然而，當「所以」至於話輪首時，最常用於轉換話題，其次才為進一步解釋，其語用功能也有引起注意及搶奪發言權利。另外，還有在本次研究語料中高頻出現的，主持人提問時，想主導、改變會話主題時常用的詢問功能。由此可見，「所以」除了下結論、解釋的功能，還能在聽話者表示已經明白前述話題後，想要自然地、總結式地轉換話題時使用。

我們在真實語料中發現「所以」篇章功能中的「找回話題」、「轉換話題」和語用中「詢問」用法的出現頻率幾乎與常見的「立論」、「引起注意」一樣多。但自《當代中文課程》第一、二冊中，卻不見「所以」的「找回話題」、「轉換話題」和語用中「詢問」用法，因此在研究的最後提供了一些修改及教學建議，相信對華語教學有一定的幫助。

關鍵詞：所以、言談標記、語法化

一、研究背景

在日常會話中有許多需要說明原因的時機，從華語教材中能學到的說明因果的用法中，最典型、最初階的即是「因為…所以…」，又「因為」和「所以」可視銜接訊息的重要程度來決定是否省略。自陳俊光（2010）的併句任務與篇章任務實驗中得知，華語母語者陳述一個連續故事時，最常使用「因為…所以…」連用形式（51.2%），同時，省略「因為」這個原因標記，僅以結果標記「所以」置中的形式也很常見（41.9%），於

此，不難想像對外語學習者來說，比起「因為」，能夠更常聽到「所以」這個連結詞。

　　至於「所以」有多高頻，可以從過去的研究中發現，而且「所以」其實不只具備說明理由的功能，像是在日常對話中常見的對話如下，其中A其實並不打算明說理由，反而想透過「所以」來猶豫來表示自己感到抱歉的態度（在此為「延遲」的篇章功能），然而，B說的「所以」，也不只希望對方闡釋結果，還有表達不滿情緒的語用功能。

　　（情境：吵架中的情侶，B正在質問A早上遲到的原因）
　　A：我昨天晚上太晚睡了，所以……
　　B：所以呢？

　　另外，我們也常發現華語學習者不容易掌握自然地說明原因的方式，就算與親近的朋友聊天，也是慣用「因為…所以…」使得對話聽起來過於拘謹。或是在話題轉換時，缺乏適切的連結轉換語，略顯唐突。近年來，有許多語言學專家探討「所以」的語法化及語義及語用功能，因此，本研究希望能透過真實的語料歸納「所以」在會話中的語用現象，並觀察該現象與華語教材中的設計有何異同，進一步提出教學建議。

二、文獻探討

2.1 言談標記

　　言談標記（Discourse Marker）是語用學（Pragmatic）中的一

個熱門研究議題。在話語中，它可能以連結詞、感嘆詞，甚至是短語或小句出現，在語言的發展過程中，某些字詞頻繁地被使用後，它的本意漸漸改變、弱化、進而消失（這個過程稱為「語法化」），它在話語中的命題意義雖已然消失，卻因為具有語法功能而保留下來。相關研究甚多，像是陳（2010）的「好」和「們」之多視角分析及探索，Yung-O Biq［畢永峨］（1991）「你」的研究中，提出「你」的語法化現象之證據，蔡宜芬（2013）也透過口語語料庫提出「所以」的篇章語用功能研究等等。言談標記的現象與日常生活息息相關，相關研究也開始快速累積中，其對於語用學的重要性可見一斑。

2.2「所以」的語用研究

蔡（2013）以口語語料庫為本的「所以」篇章功能研究發現，漢語母語者在真實口語對話中，除非特別強調因果關係，否則在「所以」作為結果標記時，並不會使用「因為」來當作原因標記，因此大多以「φ…，所以…」呈現，該結果符合「時序律」（先因後果）原則，也與陳（2010）的篇章任務研究結果吻合，即「先從句，後主句」之排列順序為漢語中因果關係複句的無標句式。

蔡（2013）研究中的語料根據其觀察，將其篇章功能分成：「立論」、「進一步解釋」、「延續」、「找回話題」和「轉換話題」五大類，根據其語用功能的不同分成：「引起注意」、「詢問」、「委婉」及「認同」四大類，其中「引起注意」的功能使用頻率最高。另外，蔡還歸納出，無論「所以」在話語中的位置為何，皆以「立論」和「進一步解釋」的篇章功能為主。

蔡表示，有時說話者若想表示認同，也會用「所以」來呈現，反之，要是說話者不認同，同樣也會以「所以」來表示委婉的態度。

三、研究方法

3.1 語料搜集

本研究以兩集電視訪談節目當作會話語料來源。該訪談節目是由方念華[1]主持的《看板人物》，這兩集節目標題分別為「米其林名廚江振誠：完美不是功成名就，而是放下（看板人物精選）」（簡稱《江》）及「賈永婕三鐵美麗人生，脫胎換骨（看板人物精選）」（簡稱《賈》）。節目《看板人物》自1993年開始，每週日晚間於電視臺播出，在2012年起也可在網路平臺youtube及官網上收看，其網路頻道截至目前為止[2]，觀看次數共有兩億多次，也有超過37萬的訂閱人次。節目每週都會邀請海內外的名人來分享自己的生命故事，多次得到電視圈獎項的提名及肯定[3]。

主持人及兩位（一男一女）受訪者皆是臺灣人（母語皆為華語），節目型態為一問一答模式，由主持人詢問受訪者生命中的重大事蹟後，再由受訪者回答。《看板人物》非實境節目，其腳

---

[1] 方念華為臺灣新聞主播，最高學歷為美國紐約市立大學傳播碩士。現為TVBS《Focus全球新聞》、《TVBS看板人物》主持人。在2000年及2015年分別以《TVBS－n晚間九點整最前線》獲得第35屆金鐘獎新聞節目主持人獎及以《TVBS看板人物》獲頒第50屆金鐘獎教育文化節目主持人獎。

[2] 節目觀看人次相關資料擷取日期為2021年6月26日。

[3] 第47屆金鐘獎教育文化節目獎提名、第49屆金鐘獎教育文化節目獎提名、第50屆金鐘獎教育文化節目獎提名、主持人獎獲獎、2018文創產業新聞報導獎。

本勢必經過事先安排,但訪談過程並不似新聞報導或舞臺劇一般背稿呈現,因此,我們認為從中得到的真實對話語料能代表日常語用。

我們自《江》中找出包含「所以」的會話語料30筆,自《賈》中找出包含「所以」的會話語料16筆,共46筆。語料來源及其相關背景資料整理於表1:

表1　本研究語料節目背景資料

單元名稱	受訪者	完整版播出日期	片長(分鐘)	「所以」語料筆數
「米其林名廚江振誠:完美不是功成名就,而是放下(看板人物精選)」	江振誠	2014/11/02	48	30
「賈永婕三鐵美麗人生,脫胎換骨(看板人物精選)」	賈永婕	2014/8/10	48	16

3.2 語料分類

由表1可得知,本研究共取得46筆語料,我們將其根據蔡(2013)「所以」研究的分析步驟,以三階段分類語料。首先,將語料按照「所以」在話輪中出現位置分類,分成前、中、後三大類。接著,再將語料按照篇章功能分成五個次類,分別為立論、進一步解釋、延緩、找回話題、轉換話題,最後,將語料根據語用功能分成以下四類次類:引起注意、詢問、委婉、認同。語料的分類結果如表2:

表2 語料分類筆數及佔比

主類	位置			篇章功能					語用功能			
次類	前	中	後	立論	進一步解釋	延緩	找回話題	轉換話題	引起注意	詢問	委婉	認同
筆數	20	26	0	12	13	0	6	15	38	8	0	0
比例(%)	43.5	56.5	0	26.1	28.3	0	13.0	32.6	82.6	17.4	0	0

　　從第一階段的分類中，我們發現，在46筆語料中，超過五成的所以是在話輪的中間位置，如例（1），有43.5%落在話輪首，如例（2）：

　　例（1）：（背景：主持人F與受訪者J正在J回憶當學徒的奮
　　　　　　　鬥過程）
　　F：你在廚房蹲的馬步裡面，不管在臺灣，後來到法國，那
　　　　七年，馬鈴薯是很特別，你也講過，有人來這邊削三個
　　　　月的馬鈴薯不到就走了。
　　J：其實馬鈴薯是一個一個小的小的故事。我剛最早到法
　　　　國的時候，第一件做的事情，除了馬鈴薯以外，是擦
　　　　餐具，**所以每天都是擦餐具，因為我還不夠資格碰到食**
　　　　物，所以最早每天都是擦餐具。那我……
　　例（2）：（背景：主持人F與受訪者J正在討論如何了解一
　　　　　　　個新文化）
　　J：因為我我們常常講新加坡是multi-culture，那這一碗叻沙
　　　　其實就是multi-culture，妳可以吃到各種不同的味道，它
　　　　不是不是印度也不是馬來也不是中國，它就是對我來說

一個很族群融合的一碗麵。

F：**所以我問你振誠**，你在南印度洋那一個時候，那個非常非常超奢華的渡假島，人家請振誠去當主廚，妳到那邊也是一樣是不是就是你先那一邊的你先體驗那邊有什麼，然後你再想江振誠要推什麼，也是一樣？

在篇章功能的分類中，從歸納的數據中可以發現，轉換話題的類型為最多，如上例（2），又進一步解釋佔了近三成，立論位居第三，找回話題的功能則佔了13%，如例（3），首訪者J利用兩次「所以」將話題拉回解釋哭得好激動的抵達終點的心情的話題。在這個分類中，並無發現延緩功能的語料。

例（3）：（背景：主持人F與受訪者J正一邊看著比賽影片一邊說明應答）

F：這哭得好激動喔！

J：因為摔車，然後我沒有想到會摔得這麼嚴重，那當然我身上有流血，可是在就是說沒有這麼真的沒有大傷，**所以我那一刻，我就覺得說不行，我一定要完成**，我小孩在終點等我，我怎麼能夠讓他們看到一個沒有完成賽事的媽媽，**所以我就是硬我大概在比賽結束前三分鐘回來的**，我一路哭著尖叫然後哭著跑進終點。

至於語用功能的分類，我們發現，引起注意的功能最多，共有38筆，佔82.6%，剩下的17筆則都是詢問的功能，如例（4）。

例（4）：（背景：主持人F與受訪者J正一邊看著比賽影片
一邊說明及應答）

F：這世界上還有很多非常非常艱難的挑戰，你們全家一起
參與這個三鐵人生，能夠想像的其實最美好的畫面可
能還沒有到來，**所以你對你的三鐵人生自己的期待是
什麼？**

J：我的期待啊其實我本來就很愛旅行，我希望能夠看盡更
多這個城市不一樣的面貌，用不一樣的方式，用一個很
特別，自討苦吃的方式去看看特別的世界。

四、研究結果

第四節我們將討論「所以」在話輪中的位置分別與篇章功
能和語用功能的關係。從上節的說明中，我們得知所以置於話輪
中的比例為56.5%（26筆），置話輪首為43.5%（20筆）。我們將
「所以」在不同位置時對應呈現出的篇章功能及語用功能的分布
狀況整理如表3：

表3　「所以」分佈位置和語義語用功能的對應關係

主分類	篇章功能				語用功能	
次分類	立論	進一步解釋	找回話題	轉換話題	引起注意	詢問
話輪首	2	4	11	3	13	7
（%）	10%	20%	**55%**	15%	65%	**35%**
話輪中	9	10	4	3	23	3
（%）	**34.6%**	**38.5%**	15.4%	11.5%	**88.5%**	11.5%

自表3可發現，「所以」出現的位置不同，其語義和語用功能有明顯的不同之處。首先，發話者若是單純表達因果關係、進一步解釋結論或做更深一層的解釋時，即符合陳俊光（2010）的研究結果，由於「時序律」原則，漢語母語者會遵循「先從句，後主句」的規則，「所以」的置中結構率高於「因為」的置中結構率，又若「因為」句後的所需訊息較少時，常省略「因為」，僅保留「所以」這個呼應標記，如例（5），受訪者在闡述自己因為運動而改變改變的來龍去脈，在說明原因時，省略了「因為」，直接以「所以」立論，發話者便藉由「所以」來穩住發言權。

　　例（5）：（背景：主持人F與受訪者J討論著完賽三鐵後所帶來的影響）

　　F：在妳新的人生經驗裡面，你看到自己在天生性格上面，還有對事情的反應上面，有哪一些新的永婕是你因為三鐵讓你重新發現的？

　　J：我覺得啊其實反映在事情上面我覺得好像那個堅持其實是真的比以前來得要來得要多耶，像以前我可能還有就是我覺得因為在訓練的過程中，我除了會一邊哀哀叫之外，我也會平撫自己的情緒。**所以其實這一次，我在處理這件事情上面，我完全沒有跟外國人吵架。**我以前很愛跟外國人吵架，我只要覺得不公平，為什麼你們這麼不尊重，其實我老公都嚇到了，他一直很怕我跟別人吵架。

值得一提的是，當「所以」置於話輪首時，有超過五成的篇章功能為找回話題，有15%為轉換話題，其語用功能除了引起注意、穩住自己的發言權外，更有35%是透過「所以」來開啟詢問話輪，如例（6）所示，第一個「所以」帶出新話題，第二個「所以」用來詢問，兩個同時也都具備穩住發言權的功能。

> 例（6）：（背景：主持人F先簡述J的成功背景，帶出新主題：創新與平衡的關鍵）
>
> F：我會想到一個你知道嗎？因為你二十一歲就在西華當上主廚，然後你二十五歲吧在法國就帶領整個廚師的團隊，在雙子星兄弟的那邊，然後你三十歲，這對兄弟就把他全球的再開的感官花園交給你，你就變成全球的行政總監。
>
> J：對。
>
> F：**所以**你做那個時候你已經做到top quality, high standard的Fine Dining,然後這幾年你一直想創新，
>
> J：嗯。
>
> F：**所以**在創新跟維持那個最高品質中間，這個裡面最難平衡的關鍵是什麼？

五、結果討論

綜合以上，我們歸納出下列結果，「所以」用來陳述因果關係、下結論、或是進一步解釋時，常置於話輪之中間位置，其語用功能為引起注意、穩住自己的發言權。然而，當「所以」至於話輪首時，最常用於轉換話題，其次才為進一步解釋，其語用功

能也有引起注意、搶奪發言權利。另外，還有在本次研究語料中常出現的，主持人提問時，想主導、改變會話主題時常用的詢問功能。由此可見，「所以」除了下結論、解釋的功能，還可以在聽話者表示已經明白上述話題後，想要自然地、總結式地轉換話題時使用。

六、教學應用

筆者統計了《當代中文課程》第一冊、第二冊中包含「所有」的對話，共有七筆，詳列在表4，發現在設計給華語學習者的初階教材裡，「所以」出現時的篇章功能都是立論和進一步解釋，且所有的語用功能都是引起注意。並未出現任何連接詢問句、轉換話題的用法，與本研究真實語料歸納出的真實語料用法不一致。我們認為，在第一冊中如此安排相當恰當，我們確實要先讓初學者紮實地掌握「所以」的本意。不過，或許從第二冊開始，特別是話題轉換處，可以適時加上「所以」連結，讓二語學習者能夠開始熟悉其轉換話題甚至是詢問的語義及語用功能。

表4　教材中出現「所以」的對話

冊別	課別	對話內容	篇章功能	語用功能
第一冊	第五課	月美：昨天晚上那家餐廳的菜很好吃，可是有一點辣。 安同：我也怕辣，**所以我喜歡自己做飯**。	進一步解釋	引起注意
	第十課	明華：真不錯！那家旅館貴嗎？ 田中：因為現在去玩的人比較少，**所以旅館不太貴**。	立論	引起注意

冊別	課別	對話內容	篇章功能	語用功能
	第十二課	田中：為什麼需要那麼久的時間？ 安同：我先在語言中心念一年，再念四年大學，**所以**需要五年。	立論	引起注意
	第十四課	明華：冬天太冷了，不過，我想明年秋天去看紅葉。對了，你什麼時候回來？ 如玉：因為我們只放十天的假，**所以**一月五號回來。	立論	引起注意
第二冊	第十課	美玲：老師家的飯廳應該坐得下十個人吧？ 張老師：坐得下，**所以**請你們幾個人一起來吃飯沒問題。	進一步解釋	引起注意
	第十一課	馬丁：我來臺灣以後，沒離開過臺北，**所以**想到其他地方去看看。 如玉：假期快到了，你可以計畫一下啊！	進一步解釋	引起注意
	第十三課	愛麗：想起來啦？放在什麼地方了？ 馬丁：剛剛我在查回國班機的資料，正要訂位的時候，手機沒電了。**所以**我去健身房的時候，放在那裡充電。	進一步解釋	引起注意

　　本研究試圖在《當代中文課程》第一冊、第二冊的對話中，找出一些話題轉換的時機，並且將它改寫，其功能類似「那麼」，使其對話能更自然、委婉地銜結，列於表5。特別是第二冊第四課所提供的對話情境為面試訪談，與本研究的訪談節目語體相近，在教學時，可考慮加入「所以」並說明，以提供未來華語教學者能讓話題轉換、找回話題更符合真實會話的現象。

表5　教材可加入「所以」的對話之前後對比

冊別	課別	原對話
		微調後對話
第一冊	第十五課	安同：謝謝妳。我想去藥局買藥就好了。 如玉：妳真的不去看病嗎？
		安同：謝謝妳。我想去藥局買藥就好了。 如玉：**所以**你真的不去看病嗎？ [找回話題、詢問]
第二冊	第三課	如玉：我現在也覺得寫字不難，因為我在美國念高中的時候就 　　　學過了。 田中：妳在這個語言中心學了多久了？
		如玉：我現在也覺得寫字不難，因為我在美國念高中的時候就 　　　學過了。 田中：**所以**妳在這個語言中心學了多久了？ [找回話題、詢問]
	第四課	美玲：有。我當過語言助教，那時候的學生都是外國人。 主任：妳一個星期能來幾天？
		美玲：有。我當過語言助教，那時候的學生都是外國人。 主任：**所以**妳一個星期能來幾天？ [轉換話題、詢問]
	第四課	主任：妳除了法文、中文，還會什麼語言？ 美玲：我還會說西班牙語和英文。 主任：妳教過西班牙語嗎？
		主任：妳除了法文、中文，還會什麼語言？ 美玲：我還會說西班牙語和英文。 主任：**所以**妳教過西班牙語嗎？ [轉換話題、詢問]

七、研究限制

　　本研究雖已經為了避免性別這項外在因素干擾而分別選擇一男一女首訪者影片作為語料來源，但礙於時間限制，僅於同一節目中各取得各一部影片，且主持人也為同一人，恐導致本研究中的所有語料代表性略顯不足。因此，在未來研究中，若能增加語料來源的豐富度，相信所歸納出的結果將能更具代表性。

　　礙於時間的限制，本研究的文獻回顧資料有限，望未來能對

「所以」的相關研究資料能有更全面、更深入的探討。在教學應用方面，也可對於其他華語教材進行分析，對於「所以」的諸多語用功能加以設計，進而實際操作探討其效度，相信其研究結果將更趨完備。

八、參考文獻

1. 陳俊光（2010）。《篇章分析與教學應用》。新學林出版有限公司。
2. 蔡宜芬（2013）。《華語「所以」言談篇章語用功能探析——以口語語料庫為本》。國立高雄師範大學研究所。
3. Biq, Yung-O, (1991). The multiple uses of the second person singular pronoun *ni* in conversational Mandarin. *Journal of Pragmatics (16)*,307-321.
4. 鄧守信（主編）（2008），《當代中文課程1課本》。聯經出版。
5. 鄧守信（主編）（2015），《當代中文課程2課本》。聯經出版。

《山海經》為題之華語文桌遊教材研製

洪啟祥[1]、舒兆民[2]
國立臺東大學華語文學系

摘要

現今市面上有許多的華語教學相關的教材資源,近年來,在華語教學與研究上有關搭配桌遊之教學活動頗多,而大部分運用在教育性的教桌遊通常能具文化、趣味性、適合性就略顯不足。本研發觀察到這種狀況後,欲尋找讓教育性桌遊能夠兼顧教育性以及趣味性的方法,且進一步實務開發一套桌遊,作為華語文教學之用,其除了能夠在課程搭配使用外,也能作為一款純為娛樂的普通桌遊,藉以在遊戲中沉浸式提供中文語文的學習。

本研發設計了一套和山海經相關的華語教學桌遊,並且搭配編製的專屬教材,透過桌遊與相應的教材,能夠讓學習者活動中學習華語與文化,激起學習的興趣。同時,從普遍性的角度,本桌遊可由使用者或教師小幅修改,配合所提供之遊戲類型及規

---

[1]　國立臺東大學華語文學系碩士生。zz2544120@gmail.com
[2]　國立臺東大學華語文學系副教授。shuzhaomin@gmail.com

則，結合教師目前所教授之主題內容，擴大運用範圍，可由編修者應用於所教之課程，除了可讓華語文學習者使用外，甚至是母語人士，也能享受桌遊的樂趣。

目前本研發已完成教材、教具與桌遊、使用手冊，同時將以前實驗研究方式，試用於中高級華語學生，蒐集使用意見，再進行修訂。本篇報告內容將著重在本研發設計之桌遊《後山海經》的內容重點報告，依照研發目的、背景知識、研究流程、內容探討、設計情況、成果探討此教材的實用價值，和設計過程是否符合各項原則指標，以及未來的發展成果。

關鍵詞：華語教材、華語教學、桌上遊戲、山海經

一、緒論

1.1 研發背景

一、桌遊教學崛起

隨著時代演進，教學不再只是坐在教室聽老師上課，使用其他媒介來輔助上課學習已經是一種趨勢，桌遊也正是其中之一，除了能夠引起學習者的學習動機，同時也在遊玩桌遊的過程中起到了學習的作用。

根據桌遊在教育上的普及趨勢，因此本研發希望能透過研究以及實際經驗結合，能夠研發出一款能夠應用在華語教學的桌遊。有鑑於大部分的傳統教學型遊，大都著重在教學，對於非學習者而言，很難能夠有足夠的動機去使用、遊玩這些桌遊，因此本研發將針對娛樂性的部分進行改良設計，致力在維持有效的學

習成效上，提升教學型桌遊的娛樂性。

1.2 研發動機與目的

1.2.1 提升傳統教材、教具的商品價值

透過理論且務實基礎，尋找合適的題材，研發一套桌遊，能有效幫助華語教學外，同時對於非華語學習者也有足夠的吸引力使用該桌遊及教材，擴大客群正是研發考量的一大重點。

1.2.2 育樂兼顧的教學取向桌遊

本研發致力讓桌遊能夠成為學習者的助力，不但可以引起學習者的興趣，同時也能夠在遊玩的過程中起到複習的作用。因此本研發鑑於這樣的因素，希望研發出一款教學育樂並重的桌遊，能有效幫助學習者的學習外，其娛樂性也能夠大幅提升學習者的學習興趣。

1.2.3 育樂兼顧的題材——《山海經》

一款遊戲成功與否很大的因素取決遊戲的主題，每個國家之間盛行的遊戲題材都不盡相同，但也有相似之處，根據美國遊戲網站Game Refinery的遊戲暢銷榜數據我們可以發現，現實主義以及奇幻類型的題材在日、美、中三個國家中，是最受歡迎的[1]（Game Refinery,2019）。

考量到受歡迎的題材，本研發最終選擇了《山海經》作為本研發的主題。

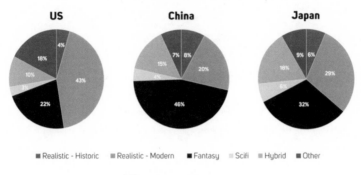

Top 200 Grossing

US   China   Japan

■ Realistic - Historic   ■ Realistic - Modern   ■ Fantasy   ■ Scifi   ■ Hybrid   ■ Other

圖1　200 Top Grossing

1.2.4 研發預期成果

　　選擇研發設計山海經桌遊，希望能夠讓不論是學習者或是非學習者，激起對於中華神話、妖怪的興趣，不只是為了學習華語或是遊玩桌遊而已，還能夠透過桌遊及教材能有更多的收穫，傳揚文化。

　　此外，也希望能夠讓更多企業或編輯者看見，教育型桌遊不只是能應用在教育上，也能單純當作普通的桌遊看待，提升了身的價值、擴展更多客群，並且這樣的育教並行的設計方式，也能夠讓更多編輯者或者企業投入其中，創造出更多不一樣的教學型桌遊。

二、文獻探討

2.1 桌遊類型、設計與相關理論

2.1.1 增進學習動機的教材型式──桌遊

陳奕璇（2017）將悅趣化學習的實踐中，期望能夠將遊戲中營造的沉浸體驗應用於學習歷程中，結合教材內容以及遊戲的趣味性提升學習者的動機。[2]（陳奕璇2017）

根據舒兆民於《華語文教學》[3]整理的ARCS動機理論提到，應用ARCS的教材策略如下：能讓學習者對於教材感到興趣以及需要，在發現教材與自身的關聯，解此讓學習者產生動機並建立學習信心，終而完成學習目的。該理論可分成四大點（舒兆民，2016）：

1. 引起注意
   引起學習者對於教材的注意、興趣。
2. 切身相關
   讓學習者產生學習的需要。
3. 建立信心
   讓學習者訂下對成功的期望、挑戰的情境，獲得信心。
4. 感到滿足
   最後學習者能得到完成的就以及滿足感。

王懷謙的論文[4]（王懷謙，2019）引用《遊戲改變世界，

讓現實更美好（Reality is Broken）》的作者簡·麥戈尼格爾（Jane McGonigal）在書中提到的所有遊戲的四個決定性特徵：目標、規則、回饋系統、自願參與。目標可以吸引參與者的注意，為參與者提供遊戲時的使命感；規則限制了參與者實現遊戲目標的方式，以此讓參與者在實現遊戲目標的過程中探索未知，提升參與者的創造和思考能力；回饋系統能夠反映參與者的遊戲狀態，例如遊戲中的金錢、等級；自願參與則是在參與者在進行遊戲時，都了解並認同前三項的遊戲特徵。本研發認為，這套對於遊戲的定義，和上述所提到的ARCS理論有異曲同工之妙，皆是注重參與者（學習者）的注意以及興趣，並且提高自主參與的意願[5]（楊忠宜，2013）。

　　林展立、賴婉文提到[6]（林展立、賴婉文，2017），將自造者運動（Maker Movement）的精神運用在教學實務上，讓教師自造想教的東西為教育型桌遊，很難同時兼顧「知識傳遞」與「遊戲趣味」，因此提出一套理論來規劃教育型桌遊的設計。本研發將實踐這套理論，研發一套知識與趣味都能兼顧的教育型桌遊。

2.1.2 教育型桌遊設計流程

　　因為要同時考量到知識傳遞以及遊戲趣味，因此不能毫無章法的設計，必須在嚴謹的系統下進行開發，並且反覆測試、修改後，才能完成設立的目標，因此林展立、賴婉文[6]（林展立、賴婉文，2017）就有提出教育型桌遊設計的循環模型[6]。

　　該設計循環模型可以分成五點：

1. 任務分析

　　主要為觀察使用者以及其他遊戲，針對使用者的需求，尋找合適的主題以及遊玩機制。

2. 角色設定

　　透過資料分析後，發想設計遊戲的雛形，繪製成初步的遊戲架構。

3. 機制創造

　　完成遊戲的細節，將教育理念、資源、方式導入遊戲內，修改遊戲草案以及規則，將所有元素融入遊戲架構中。

4. 原型實作

　　把設計好的遊戲模式視覺化，有一個簡易的實體，且能進行實際操作，開始內部測試，反覆修改直到最終版。

5. 遊戲測試

　　主要任務為評估，內部測試完後，開始進行外部測試，紀錄分析玩家的反應回饋，以利後續精緻化遊戲。

　　本研發確切的依照該理論，設計一套能夠同時滿足學習者以及桌遊玩家需求的教育型桌遊，學習者能夠透過本研研究進行有效的華語學習，普通的桌遊玩家也能單純的享受在其中。

　　由各式研究可知，桌遊運用在教學上有一定的輔佐功能，本研發除了配合在桌遊設計原則以及教學特性外，亦會針對改善教育型桌遊趣味性不足一般桌遊的特點進行研發。

2.1.3 以桌遊為華語教材設計理論

　　將桌遊作為華語教材，在華語教學上是一種常見的手段，將桌遊帶入華語教學對學生在聽、說、讀技能具有正向的影響。其中華語教學時使用桌遊要有以下幾點效用[4]（王懷謙，2019）：

　　1. 桌遊融入教學，幫助了學生在課堂上的學習成效。

　　2. 運用桌遊活動練習，增進學生閱讀的能力。

　　3. 提升學生口說的自信心，將所學運用在真實的情境當中。

　　4. 透過桌遊活動，提供讓學生更多練習聽、說、讀的機會。

　　本研發所研發的桌遊，將會針對以上四點特徵為考量，加入桌遊的設計。因此桌遊內容的詞彙、用語將會與課堂學習的內容有所關連，且在遊玩本桌遊同時，將會大量運用到聽、說、讀的能力。

　　此外作為華語教材，除了桌遊上的考量，同時也會考慮到教材的針對性、實用性、交際性、知識性、趣味性、科學性[7]，因此本研發再進行教材編寫時，會同時使用以上幾點原則檢核。

2.2 山海經研究與文本動機

　　在華語教學上的題材面向複雜多元，針對學習者的背景程度不同，所適合的題材也不一樣。由於本研發設計桌遊的其中一個動機就是為了提升教材教具的價值，讓除了學習者以外的人也能使用，因此在設計華語桌遊時，對象除了學習者，也希望能放在母語人士，因此學習者的程度定在高級，希望高級程度的學習者，能學習這套華語桌遊外，也能和母語人士相同的享受桌遊的樂趣。因此什麼樣的題材是母語人士以及學習者而言，都是有吸

引力的，對於本研發來說是最重要的考量之一。

考量到熱門的遊戲題材[2]（Game Refinery,2019）以及適合作為華語教材主題的考量，本研發最終選擇《山海經》作為桌遊的題材。山海經紀載著大量的神話典故、神怪描寫[8]（周佳儒，2019），甚至成為著名的電玩遊戲《軒轅劍》系列的熱門題材[9]（王彤，2006），因此本研發認為，《山海經》有著濃烈的奇幻色彩，並且也蘊含著中華古典的文化，不論是作為遊戲或著教材而言，都是合格且優秀的主題，能夠同時兼顧到「知識傳遞」與「遊戲趣味」。

三、《山海經》為題之華語文桌遊教材研製

3.1 《山海經》為題之華語文桌遊教材研究流程

研究流程如下圖表。

圖2　研發流程

上圖為本研發的流程，首先針對我們的研發動機尋找合適的題材，接著透過文本擬定桌遊架構，再來研發完整的桌遊成品，最後分析研究成果。

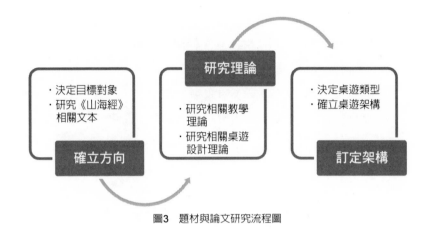

圖3 題材與論文研究流程圖

完成題材、桌遊相關研究以及桌遊架構後,便進入桌遊設計的細節,並反覆實測與修正。

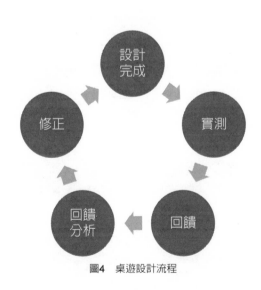

圖4 桌遊設計流程

桌遊設計的環節[6]（林展立、賴婉文，2017）：

「設計完成」：遊戲原型完成

「實測」：尋找沒玩過本研發桌遊的人進行試玩。

「回饋」：試玩結束後，會訪談測試者，並讓他們填寫意見
表單。

「回饋分析」：根據次試者的回饋意見，分析且尋找可以改
進的部分。

「修正」：針對回饋分析的結果進行遊戲原型的更改。

藉由不斷地循環桌遊設計的流程，每經過一次遊戲測試，就
會修正一次遊戲原型，最後完整的桌遊行是將漸漸的符合本研發
的預期成果。

3.2 《山海經》為題之華語文桌遊教材設計架構

本桌遊共210張卡片，包含了角色卡15張、職業卡8張、不動
產卡18張、史詩級事件10張、事件卡50張、動作卡109張。角色
卡為《山海經》紀載的神怪15種，史詩級事件為《山海經》以及
相關史冊紀載之成語典故10則，職業卡、動作卡、不動產多為日
常生活用語。

總卡片如下：

角色卡：帝江、青龍、白虎、朱雀、玄武、畢方、窮奇、
刑天、白澤、天狗、旱魃、鳳凰、九尾、橫公
魚、天馬

職業卡：商人、富二代、雞排店老闆、律師、股票達人、流
浪漢、政治家、大學生、老師

動作卡：創業、收購、建造、暫停、嫁禍、製造、查稅、偵
　　　　查、破壞神

不動產：皇宮、農田、民宅、公園、雞排店、飲料店、大賣
　　　　場、工廠

事件卡：疫情受害者、雞排壟斷、大股災、地震、外星人綁
　　　　架、車禍、景氣受益者、高人指點、政變、超級颱
　　　　風、遇到碰瓷、都更計畫、車禍理賠、雞排每天
　　　　吃、飲料當水喝、、購物不手軟、廢棄製造者、小
　　　　偷、丐幫之主、綠都計畫、搶匪、軍火庫、含情脈
　　　　脈、一起裝忙、冷面笑匠、好勝心、越獄、軍火
　　　　庫、煉金術、交換藍圖、工程出包、加盟、房價大
　　　　漲、星座大師、返鄉種田、裝忙、我沒差啊、你要
　　　　去哪裡、還好有你、大盜、大樂透、發放消費券、
　　　　點石成金、等價交換。

史詩級事件：盤古開天、精衛填海、夸父逐日、刑天爭神、
　　　　　　巴蛇吞象、嫦娥奔月、女媧補天、炎黃子孫、
　　　　　　三過其門而不入、羲和浴日。

　　本研發桌遊內容，除了參考改編《山海經》的內容外，考量
到桌遊遊戲性以及客群，因此也加入一些現代化的元素，將古典
文化以及現代元素融合，具體內容詳見以下圖片。

圖5　桌遊架構：角色卡〈朱雀〉、職業卡〈政治家〉、不動產〈皇宮〉、動作卡〈外星人綁架〉、史詩級事件卡〈巴蛇吞象〉

以上圖片為《商賈成妖傳》角色卡其一〈朱雀〉、職業卡其一〈政治家〉、動作卡其一〈外星人綁架〉、史詩級事件卡其一〈巴蛇吞象〉。

角色卡的藍色、紅色、紫色字的描述為卡片在遊戲中的技能，這些技能的名稱皆出自角色的典故以及後世的衍生記載。

職業卡的技能名稱和該職業皆有關聯，有古代的連結例如范蠡再世；也有貼切現代的描寫例如：槓桿、上級社會。

不動產的種類也和古代以及現代有所連結，同時有古代以及現代的元素。

動作卡的選詞，為考量做為華語教材教具，因此詞彙的使用率也在我們的考量中，因此動作卡多為較難的日常用語。

史詩級事件以及角色卡，皆出自山海經中的成語典故。普通的事件卡則多取向現代化的用語，貼近生活，卡片詞彙的難易度，大部分落在TBCL分級中的5~6級程度。

四、桌遊設計與華語學習研究設計

4.1研究方法

本桌遊的遊戲原型完成後，便開始尋找校內的受測者試玩，並針對他們的回饋逐漸修改遊戲細節。回饋方式主要有兩種，一種為李克特量表問卷調查，一種為實際訪談。透過問卷調查，來檢核本研發的趣味性、教育性、困難度、興趣；透過訪談結果，在對本研發進行改進。

4.2研究對象

進行遊戲原型的受測者主要分成兩個類別，一類是非華語學習者（母語人士），另一類是華語學習者。非華語學習者來自本校的各系學生，華語學習者為本校的外籍學生，程度落在B1~C1之間。

4.3研究步驟

圖6　分析研究步驟流程圖

「尋找受測者」：從本校中尋找母語人士以及非母語人士來
　　　　　　　當本研發的受測者。
「進行遊戲原型測試」：讓受測者進行遊戲原型的試玩。
「問卷訪談回饋」：試玩結束後，請受測者接受訪談或填寫
　　　　　　　　回饋表單。
「回饋整理分析」：整理受測者的回饋意見，並加以分析。

4.4研究設計

　　本研發的回饋分析分成問卷和訪談兩種型式，問卷是針對非
學習者，以檢測本桌遊作為一款遊戲的趣味性是否足夠。訪談是
針對華語學習者，除了確保趣味性外，同時也確認本桌遊是否能
達成作為華語教材的效用。

4.4.1 問卷調查

　　透過實際遊玩以後，透過表單問題，回收受試者遊玩時的
狀況及心得意見。問卷採用李克特量表計算，數字1為非常不同
意，數字5為非常同意。問題如下：

1. 年齡
2. 性別
   a. 女
   b. 男
3. 你是來自哪個學院的？
   a. 理工學院
   b. 師範學院

    c. 人文學院

4. 進行桌遊期間讓你覺得困難。

5. 你覺得規則太過複雜。

6. 玩過桌遊後，你對桌遊內的詞語更了解。

7. 玩過桌遊後，讓你想更了解山海經的內容

8. 你認為這款桌遊有趣。

9. 你喜歡這款桌遊的題材

10. 若這款桌遊上市，你願意購買。

11. 你會想和家人分享這個遊戲

12. 你會想和朋友分享這個遊戲

13. 整體來說，你喜歡這份桌遊

4.4.2 訪談調查

　　透過實際遊玩以後，透過實際訪談，回收受試者遊玩時的狀況及心得意見。問題如下：

1. 請問桌遊規則是否太困難？

2. 請問桌遊使用的詞彙是否太困難？

3. 遊玩桌遊後會對該《山海經》的神怪故事產生興趣嗎？

4. 是否在遊玩桌遊時學習到新的詞彙？

5. 如果有學到新詞彙，這些詞彙是否在現實生活中實用？

6. 會想再次遊玩本桌遊嗎？

　　訪談對象主要為華語學習者，因此問題設計方面將對於針對

性、實用性、交際性、知識性、趣味性去作探討，確認本研發在作為華語教材上，是否符合原則。

五、桌遊設計與華語學習研究分析

5.1 桌遊華語學習成果分析

5.1.1 問卷分析

1~3問為統計受測者的背景，透過題組分析，對於桌遊的想法，是否會受年齡、性別、就讀的科系影響。

4~5問針對桌遊的難易度進行分析。本研發希望平均分為2分以下，不希望遊戲難度影響桌遊的趣味性。

6~7問為確認，經過遊戲後，是否引起受測者對於本研發的《山海經》題材的興趣，以檢驗選取題材的方式是否正確。本研發希望平均分為4分以上。

8~9問調查本研發桌遊的趣味性，本研發希望平均分為4分以上。

10問針對未來上市，進行初步的調查，分析受測者者們的購買意願，以檢核是否有商業化的效益。本研發希望平均分為4分以上。

11~12問為調查受測者們，是否願意分享本研發桌遊，以此估計未來上市後，本研發桌遊的觸及率及影響力。本研發希望平均分為4分以上。

13問調查受測者們的遊戲後，對於遊戲體驗的整體評價。本研發希望平均分為4分以上。

因應本研發仍在研究階段，尚未有充足的樣本數進行問卷分析，但從本問卷中可以得知，受測者對該桌遊遊戲難度想法、在遊玩過後的興趣程度、購買意願。在分析後可得知，對於提升教育性桌遊的商業價值，本研發之手段是否有效。

在桌遊開發期的實測環節中，邀請了一些母語人士進行遊戲的測試，藉由他們的實際遊玩體驗的感想，進一步改良平衡本研發的桌遊，確保遊戲性以及遊玩者的用戶體驗。在該環節中，除了收到遊戲平衡、遊戲性相關的回饋以外，也有部分的受測者表示，在遊玩桌遊前，對於山海經並不了解，但遊玩桌遊後，對於桌遊中出現的一些山海經相關的角色文化，有了更深的認識，除了記住一些山海經的神怪的一些典故以及特色，也引起受測者們對於山海經的興趣，表達之後會想更加了解山海經的想法，同時也提出希望能增加更多山海經的神怪在桌遊中。

5.1.2 訪談分析

針對本研發的桌遊身為華語教材以及教具使用的成效，我們找一些外國華語學習者測試，並在他們實際遊玩桌遊後，對他們進行訪談。

採訪結果如下：

表1　外籍生採訪結果

學習者編號	問題一	問題二	問題三	問題四	問題五	問題六
學習者A（韓國人）	否	否	是	是	是	是
學習者B（美國人）	是	是	是	是	是	普通

學習者編號	問題一	問題二	問題三	問題四	問題五	問題六
學習者C（美國人）	普通	否	是	是	是	是

　　根據分析結果，得出本桌遊對於華語者學習者有一定的成效，對學習者而言是能夠產生興趣的，符合ARCS理論。不過因為本桌遊是針對C1以上的學習者以及母語人士設計，學習者B只有B1等級，因此對於他而言太過困難，不過從以上數據我們可以知道，本桌遊作為華語教材以及教具有一定成效。

　　在桌遊實際的遊玩過程中，本研發發現一個現象，或許有些桌遊的詞彙超過學習者目前的華語程度，但大體上並不影響他們的遊戲體驗。在遊玩桌遊時，或許不能完全理解卡片效果的敘述，但因為本研發的桌遊作為一款團隊合作的遊戲，為了獲勝，學習者遇到不能理解的卡片或是規則，會積極的和隊友進行詢問以及討論。部分學習者在多幾輪的遊玩，充分的理解遊戲規則並且熟悉一些角色的功能後，展現出高昂的興趣，在遊戲中的表現甚至能夠超越一些母語程度的受測者。在擊敗母語程度的受測者後，學習者明顯對於本研發的桌遊更感興趣，並引起他們的更大動機了解山海經相關知識。

六、結論與建議

6.1初測成果

　　本研發希望能夠透過本桌遊，讓更多華語學習者甚至是母語人士能夠看見不一樣的教育性桌遊，教育性桌遊不只是大家想像

中的樣子，而是在課後閒暇之餘，會因為單純想玩而去使用。此外，本研發也希望能夠為華語教材、教育性桌遊的設計上，帶來更多不一樣。

本桌遊選用《山海經》作為主要題材，除了因為奇幻題材是現代流行的趨勢以外，也希望更多人能夠因為本桌遊，而更了解到《山海經》的奇幻色彩，讓更多人理解，神怪也是中國文化裡的一部份，讓更多對這些文化不了解的人們了解這些文化的特色。

6.2未來展望

本桌遊目前尚未完全完成，只完成了遊戲原型的部分，關於卡片上的內容以及遊戲規則為終版本，暫不再做大幅度變動，印製出版前，將尋找更多的受測者，並收集各方意見，更加精進，完成最好的成品。

本桌遊目前僅適合B2程度以上的華語學習者遊玩，但本研發希望，能夠在研發一些能夠適合較低程度的華語學習者，並挑整一些遊戲規則，致力讓不同的程度的學習者都能夠使用本桌遊，這也是本研發的未來目標。

為提升教育性桌遊的商業價值，未來預計會再募資名臺上進行募資，並且尋找合作出版商、印刷廠，期許可以成為各華語老師們教學上的利器、學習者們學習上的助力，並走進各家桌遊店中，接觸更多廣大的群眾。

七、參考文獻

1. 美國遊戲網站Game Refinery https://www.gamerefinery.com/

2. 陳奕璇（2017）。檢視悅趣化學習的實踐：以遊戲式電子繪本為例。臺灣教育評論月刊，6（9），311-313。

3. 舒兆民（2016）。《華語文教學》。臺北。新學林出版社有限公司。

4. 王懷謙（2019）。團隊合作桌上遊戲教具設計創作／Teamwork Applied to Board Game Teaching Aid Design Creation. 臺中科技大學商業設計系碩士班學位論文，1.

5. 楊忠宜（2013）。青少年華語教材研究與設計──以12-15歲英語青少年為例／Research on Mandarin Teaching Materials for Native English Speaking Adolescents (Ages 12-15)。臺灣師範大學華語文教學研究所學位論文

6. 林展立／Chan-Li Lin, & 賴婉文／Wan-Wen Lai. (2017). 教育型桌遊的設計循環模式之探究／The Loop Mode of Educational Board Game Design. 中等教育，29.

7. 何寶璋、羅雲（2012）。非目的語環境華語國別教材編撰的思考、設計與實施。華語文教學研究，9（3），31-46。

8. 周佳儒（2019）。《山海經》改編為華語教材之研究──以圖畫書型式呈現。國立臺東大學華語文學系碩士班碩士論文，臺東縣。

9. 王彤（2006）。山海界奇異旅程──《軒轅劍伍》完全劇情攻略（上）少年電腦世界：低年級，11。

▎編後記與研討會觀察報告

朱嘉雯

（東華大學華語文中心暨華語文教學國際博士班、碩士班主任）

　　國立東華大學人文社會科學學院「華語文教學國際博士班」成立剛滿三年。隸屬洄瀾學院（2022年改制前為「共同教育委員會」）的華語文中心通過評鑑獲准可以辦理境外招生也才六年。兩個單位都尚在學步階段，便發現眼前遍佈歧路。然而，我們既然成立了博士班與碩士班，便要將學生帶往高處。

　　當下學界有哪些方興未艾的議題或概念值得我們投入心力去探索？華語教學未來的趨勢又在何方？我們究竟應該開設什麼樣的課程來幫助研究生們做好他們的學術專題？如果學生選擇了一個太新穎或是稍微有點冷僻的題目，以致於發現相關研究資料不足，這時又該如何處理？對比和借鏡英語教學長足的經驗，華語教學的學術性向該如何確立？教學觸角如何與其他學科連結？面對紛繁的研究路數，怎樣才能鑽研精深？受到近年來國際風向和國家政策的影響，華語教學又如何站穩自己的腳跟？在在都是尚待解決的問題。

　　面對這些問題，我們以舉辦學術研討會暨論壇等形式來廣集篇章，蒐羅訊息。一則讓我們的國際碩、博士生練習論文撰述與

口頭發表；同時他們也因此能夠在會場上見識到當前華語教學界所關注的議題。即使遇到與自己相同課題的論文，也還是能夠靜下心來觀摩對方的論述策略與切入視角。於是同學們便不至於獨學而無友，乃至於孤陋寡聞了。

因此我們在2021年12月10日舉辦了「跨領域國際新視野——2021東華大學華語文教學國際學術研討會」，投稿論文經校內外專家審查後，共發表30篇。會後再送外審，一共通過12篇，編選進入本論文集。從這些論文中，我們可以一窺臺灣各校華語教師與準華語教師所關注的面向及其學術表現。

其中有些論述，是在當前教學現場迫切需求的壓力下所激發出來的公共議題，例如：因應疫情而且產生的網路教學，線上師生以科技層面進行互動，並且將教材做了相應的調整之後所衍生的問題。此外，也有些論題是為了有效開拓並長遠經營特定區域，例如：印度的華語市場，於是出現了嶄新的教材與教學觀念。更有趣的是，電子有聲繪本、遊戲化學習效果等議題，也不斷吸引著華語教師們積極性探索的目光。當然我們還是會看到有一定的篇幅，是站在前人語言學研究的基礎上，扎扎實實緩步向前所做出的分析報告。

在這些投稿論文中，有國別化議題的研究，分別關注以日語、韓語、法語等為母語的學習者掌握二語習得的寶貴經驗。也有些作者將近年來新開發的諸多線上課程做了一定的爬梳、鋪陳與評比。另外，不僅有針對會話詞彙所進行的析辨，同時也有些論文作者有興趣探討如何提升學習者的識字能力。而華語電影教學依舊是大家感興趣的課題，因為它牽涉到跨文化的視聽感官刺激，因而魅力長盛不衰。同時，從語言文字延伸到文化研究的篇

幅也不少，許多老師在文化體認的基礎上，進而創造故事，新編教材，並且做出相關的論述，亦是本次研討會的亮點。

我個人從中意識到，華語教學未來的新趨勢至少有以下三點，值得我們關注：

首先是大量開發的網課，能突破小班教學的局限，並節省學生們跨國往返的交通成本，最終成為無遠弗屆的授課形式。

其次是各種遊戲設計、手作體驗與翻轉互動等新興教學型態，也會逐漸成為課程主流。

最後，臺灣文化主體將成為華語教學教材中重要的環節，而且不同的區域自有其獨特的人文風景與自然生態，因此未來的華語教學課本與書籍將如百花齊放，以突顯各區域獨特的風貌，並藉此吸引外國學生逗留與盤桓，讓老師輔助同學們在生活情境中學習華語，進而將華語應用於在地的多元文化體驗。

本次研討會很榮幸請到信世昌教授以「華語教學作為獨立領域的理想與現實問題」為題，進行一場精彩的專題演講。綜合座談會亦很榮幸請到舒兆民教授來主持並主講：「新世紀需要什麼樣的華語文教學人才？」這是東華大學華語教學博士班與華語文中心的一個起步，今年（2022）起，並有碩士班的陣容加入。我們的碩士班在教學與研究等面向上，特別加重漢字美學與書法藝術的專精訓練，未來我們將逐年累積學術能量，努力厚植師生研究實力，提出每一年的教學與研究成果，就教於海內外學界與社會大眾，以共同見證東華大學華語教育及國際化進程的成長軌跡。

社會科學類　PF0337　Viewpoint65

跨領域國際新視野
——2021東華大學華語文教學國際學術研討會論文集

主　　編/朱嘉雯
策畫主編/國立東華大學人文社會科學學院華語文教學國際博士班、
　　　　　華語文中心
責任編輯/石書豪
圖文排版/蔡忠翰
封面設計/陳香穎

發 行 人/宋政坤
法律顧問/毛國樑　律師
出版發行/秀威資訊科技股份有限公司
　　　　　114台北市內湖區瑞光路76巷65號1樓
　　　　　電話：+886-2-2796-3638　傳真：+886-2-2796-1377
　　　　　http://www.showwe.com.tw
劃撥帳號/19563868　戶名：秀威資訊科技股份有限公司
　　　　　讀者服務信箱：service@showwe.com.tw
展售門市/國家書店（松江門市）
　　　　　104台北市中山區松江路209號1樓
　　　　　電話：+886-2-2518-0207　傳真：+886-2-2518-0778
網路訂購/秀威網路書店：https://store.showwe.tw
　　　　　國家網路書店：https://www.govbooks.com.tw

2022年12月　BOD一版
定價：350元
版權所有　翻印必究
本書如有缺頁、破損或裝訂錯誤，請寄回更換

讀者回函卡

國家圖書館出版品預行編目

跨領域國際新視野：2021東華大學華語文教學國
際學術研討會論文集 / 朱嘉雯主編. -- 一版.
-- 臺北市：秀威資訊科技股份有限公司,
2022.12
　　面；　公分. -- (社會科學類 ; PF0337)
(Viewpoint ; 65)
　BOD版
　ISBN 978-626-7187-27-2(平裝)

1.CST: 漢語教學 2.CST: 語文教學 3.CST: 文集

802.03　　　　　　　　　　111017897